국립부산기계공업고등학교 동문문집

| 곰솔 제호

學山 곽정우

- 기계과 8회 졸업
- 서예가, 개인전 9회 개최
- 부산대, 창원대 외래교수
- 대한민국 서예대전 초대작가

국립부산기계공업고등학교 동문문집

곰솔문학회

강현수 공광규 곽병희 김규동 김동석 김선암 김의현 김종연
남선희 노민환 박　철 배재록 심재권 안병선 여승익 윤석봉
이광두 이상태 이일권 이진귀 정원석 정은영 정정환
정희석 조양상 조충호 최석균 최창일

시와 소금

| 동문 문집을 내며 |

바다와 잘 어울리는 경관이 아름다운 해운대에 자리 잡고 있는 국립부산기계공업고등학교 10회 졸업생 10명이 2015년 첫 동창문집 『해운대』를 내었다. 그리고 2년 만에 동문들이 모여 곰솔문학회를 창립하고 28명의 글로 첫 동문문집을 내게 되었다.

곰솔은 학교를 상징하는 교목이다. 곰솔은 우리말이다. 바닷가에 자라서 해송이라고도 한다. 검푸른 줄기와 가지와 잎이 검은 색에 가까워서 흑송이라고도 한다. 바닷가에서 평생 비바람과 눈보라를 맞고 자라 강건하다.

해운대에서 십대 후반을 보낸 우리는 곰솔을 닮았다. 동문문학회 이름을 곰솔로 붙인 이유가 여기에 있다. 바닷가를 둘러싼 곰솔 아래 앉아서 바다를 바라보며 막연하게 글을 써보기도 하고 문학의 꿈도 키웠다.

졸업 후 생계와 이런저런 이유로 잠시 글쓰기를 멈추기는 했으나 글을 잊어본 적이 없다. 그러다 장년이 되어서야 글을 모아 책을 한 권 만들었다. 그리고 보니 우리는 모두 잘 살았다. 잘 살았다는 증거가 이 책에 있다.

책을 내는데 도움을 준 동문들에게 감사드린다. 멋진 제호를 쓴 곽정우 동문, 그리고 많은 동문들이 문집발간과 출판기념회에 광고협찬과 후원금을 내었다. 전국에 흩어져 모두 곰솔처럼 강건하게 자라 성공한 선후배들의 솔가리 같은 군불이고 정성이다.

부족하나마 이 문집을 통해 우리나라 전국 산업현장에서 조국 근대화의 이름 아래 한 평생을 바친 동문가족을 비롯한 모든 기술인들의 땀과 눈물, 그리고 그 열정을 문학으로 승화하는 작은 지렛대가 되길 바라는 마음 간절하다.

또한 문학을 사랑하는 동문들의 운명이 아름다워지기를 바란다.

2017년 4월

국립부산기계공업고등학교 곰솔문학회원 일동

| 차례 |

시

강현수

기계과 8회 졸업
경남 고성 출생
현 지엘테크 대표이사
곰솔문학회원

텃밭 일기 외 4편

강현수

아이스박스가 똬리 튼 베란다에
모종 깊이 따라 이랑을 만들고
꽃삽 크기만 한 북을 돋웠더니
깊은 봄이 자라는 텃밭이 되었습니다

뜨겁던 피가 돌지 않아
자꾸만 굳어가는 오십의 나이를
모종 묶을 지지대로 애써 세워 놓고는
태풍이 와도 괜찮을 거야
마음의 선고도 해두었습니다

낡고 틀어진 물뿌리개 숙여서
마른 젖 물리듯 마음을 뿌립니다
손 마디에 생긴 옹이가 낯설지 않습니다
물뿌리개 속 어미의 굳은 손이 출렁이고
잔뿌리들 넌지시 알아차린 것일까요

아비의 닮아진 지문이
부황 든 민무늬 떡잎을 닮아 가는 동안
태풍이 와도 괜찮았던 내 유년이
단단한 흙 속으로 파고들어
파란 혈관으로 꿈틀거립니다

아직 봄은

바람은 늘 저기압의 구근球根을 밟고서
산그늘 같은 세월에 숨은 그대 안부를
갈증 난 몸의 물관부마다 수액처럼
방울방울 흘려보냈다

꾹 꾹 눌러 잠재운 혈관이
자꾸만 저려오는 이유를 고민하는 동안
기별도 없이 찾아오는 그대에게
그리움을 우산처럼 씌워 주면
꽃잎 지는 줄 모르고 들이치는 빗방울에
언제나 내 마음 먼저 젖고 말아
아픈 기억 창에 기댄 나는 속수무책이다

예고도 없이 뿌려지는 재난문자에
습관처럼 비상구를 바라보면
담장 안에 가두어 둔 지난 시간들이
씨방을 찢은 포자胞子처럼 날아와
내 뜨거운 피에 수정되는 기쁨도 있었다

그러나 그 자리엔 언제나 상처가 났다
거기서 솟은 핏방울이 오래 울먹이던
그대 볼을 닮았다 가끔씩 나도
서럽도록 우는 그대 치맛자락을 뒤집어쓰고

시/ 강현수 013

뜸북새처럼 자꾸만 울고 싶다
나도 모르게 꺼내 든 꽃무늬 손수건에
그대 얼굴이 하얗게 분처럼 묻어 있다

아직 봄은 끝나지 않았다

염색染色 일기

꽃은 질 때도 필 때처럼 바람에 몸을 맡긴다
송이마다 더 피고 싶은
간지럼이 한창이다
물처럼 흐르는 시간, 꽃잎도 따라 흐른다
붉던 잎 하얗게 얼룩이 지고
봄의 막장에서 바람을 기다리는 동안
바랜 꽃잎 한 장도 스스로 떼지 못하여
바람에 날리는 하얀 꽃잎, 꽃잎들
어떤 색色이었던 꽃이었으니

내게 주어진 시간은 언제나 분분하여
바위에 부딪히며 억세게 흘렀다
때로, 생의 절벽에서 낙하한
시간의 물줄기가
내 미리카락 사이에서 하얗게 부서져
반백半白의 너울이 되었다
방황도 없이 흘러온 물살
고스란히 고인 흰 머리칼을 쥐고
강둑을 막듯 염색약 덧칠할수록
늘 마음이 먼저 먹색으로 물든다

노을로 얼룩진 하늘이
시리게 아름다운 이유를

시/ 강현수 015

강의 하류에 이르러서야 깨닫는다
물 한 움큼 쥐고 뒷걸음질 치던
얽매인 집착을 지운다
샛강에 부서지는 햇살을 이고 흘러가자
어떤 모습으로 든 나는 나였으니
질 때도 필 때처럼 몸을 맡기자, 바람에

불면不眠

오늘 밤도
잠의 모종들이 뿌리 내리지 못하는 것은
부레옥잠 같은 생각들이 충혈된 채
뽀글뽀글 산소방울을 퍼 올리며
열대어의 아가미를 자꾸만 건드리는
수초들의 흔들림을 보았기 때문이다

시간의 지느러미들을 연신 움직여
하루치의 이끼들을 닦아 내며 남긴
어지러운 발자국들은
눈을 뜨고도 잃은 방향감각 탓이었다
어둠이 물결처럼 다가오는데도
부화孵化를 기다리는 눈빛이 두려운 것은
누가 등燈을 켜 둔 이유였을 꺼야

가끔씩 달빛과 별빛이 윤슬로 걸어와
온도계의 눈금을 끌어 올리는 유리성城

열대바다 보다 뜨거운 수온에
애써 침묵하던 졸림이 웅성거리고
물잡이로 만든 맑음 안에서까지
쓰린 속을 다스리지 못해 다시 게워내는
플랑크톤의 시린 눈물만 떠다니고 있다

시/ 강현수 017

뜬 눈으로 새운 등골이 활처럼 굽었다
떠다니는 찌꺼기들 뜰채로 걷어내는 아침이
수초 잎사귀에 시계처럼 걸려 있다
어둠의 입자들 지쳐 누운 모래 바닥에는
정화되지 않은 똥도 부끄럽게 누웠다

아침이 밤보다 더 깊이 아프다

사 · 직 · 서

땅의 풀들이 한쪽으로 쓰러져 있습니다. 매일 비가 내렸고 바람은 거침없이 쏟아졌습니다. 달팽이들이 더듬이로 벽을 두드리며 엉금엉금 길을 찾는 동안 저기압의 동굴은 스스로 어두워져 찾은 길조차 지우고 맙니다.

은사슬 같은 거미줄이 세상의 귀퉁이를 휘감고 있습니다. 더 두터워진 실을 뽑아 세상의 길을 조금씩 포위해 갑니다. 거미줄에 걸린 빗방울 몇몇, 자기보다 가벼운 거미줄에 어금니 깨물고 매달려 있습니다.

어깨를 낮춰야 한다, 인내심을 가져야 한다, 어떤 상황에서도 버텨야 한다고 귀엣말로 수신한 세상의 말들이 길을 잃어 갑니다. 골목길에서 주춤거리던 마른 땅들도 푸성귀 같이 풀썩 주저앉고 맙니다. 비바람에도 꼿꼿한 구절초가 미워 발목이 시큰하도록 발길질을 했습니다.

호주머니 속 사 · 직 · 서에 손의 지문이 쌓여 갑니다.

시

공광규

기계과 10회 졸업
서울 출생, 충남 청양 성장
1986년 월간 《동서문학》 등단
시집 『소주병』 『담장을 허물다』 등
산문집 『맑은 슬픔』 등
윤동주 문학대상 수상
2013년 시인이 뽑은 최고의 시인 선정

근황 외 4편

공광규

요즘 괄약근이 헐거워졌는지 방귀가 픽픽 자주 샌다

지하철 계단을 오를 때도
사무실이나 젊은 여자들과 둘러앉아 공부하는 동안에도
방귀가 새어 난감하다

어제는 화장실 변기 물을 안 내려
벌써 치매냐고 공격하는 아내와 싸웠다
아내가 아무런 감정 없는 늙은 동창처럼 보인다

오늘은 돋보기를 찾아 한참이나
이 방 저 방을 뒤졌다
포기하고서야 머리에 올리고 있다는 것을 알았다

다시 듣긴대 세상에 시간을 파는 가게가 없다니
이제 나는 끝나가는 중이다

모텔에서 울다

시골집을 지척에 두고 읍내 모텔에서 울었습니다
젊어서 폐암 진단을 받은 아버지처럼
첫사랑을 잃은 칠순의 시인처럼
이젠 고향이 여행지라는 생각을 하면서
얼굴을 베개에 묻지도 않고 울었습니다

오래전 보일러가 터지고 수도가 끊긴
텅 빈 시골집 같은 몸을 거울에 비춰보다가
폭설에 지붕이 내려앉고
눅눅하고 벌레가 들끓어 사람이 살 수 없는
쭈그러진 몸을 내려보다가

아, 내가 이 세상에 온 것도
수십 년을 가방에 구겨 넣고 온 여행이라는 생각을 하다가
이런 생각을 지우려고
자정이 넘도록 텔레비전 화면을 뒤적거리다가
체온 없는 침대 위에서 울었습니다

어지럽게 내리는 창밖의 흰 눈을 생각하다가
사랑이 빠져나간 늙은 유곽 같은 몸을 후회하다가
불 땐 기억이 오래된
컴컴한 아궁이에 걸린 녹슨 솥의 몸을
침대 위에 던져놓고 울었습니다

병

고산지대에서 짐을 나르는 야크는
삼천 미터 이하로 내려가면
오히려 시름시름 아프다고 한다

세속에 물들지 않은 동물

주변에도 시름시름 아픈 사람들이 많다
이런 저런 이유로 아파
죽음까지 생각하는 사람도 있다

그런데 나는 하나도 아프지 않다

직장도 잘 다니고
아부도 잘 하고
돈벌이도 아직 무난하다

내가 병든 것이다

자화상

밥을 구하러 종각역에 내려 청계천 건너
빌딩숲을 왔다가 갔다가 한 것이 이십 년이 넘었다
그러는 동안 내 얼굴도
도심의 흰 건물처럼 낡고 때가 끼었다
인사동 낙원동 밥집과 술집으로 광화문 찻집으로
이런 심심한 인생에
늘어난 것은 주름과 뱃살과 흰 머리카락이다
남 비위 맞추며 산 것이 반이 넘고
나한테 거짓말 한 것이 반이 넘는다
그러니 나는 가짜다 껍데기다
올 초파일 절에서 오후 내내 마신 막걸리가
엄지발가락에 통풍을 데리고 와
몸이 많이 기울었다는 것을 알려주었다
어제는 사무실 가까이 와 저녁을 먹고 간 딸이
아빠 얼굴이 가엽다고 하였다
그러고 보니 나와 아버지가 돌아가신 나이가 똑같다
안구에 마른 바람이 불고
돋보기가 있어야 읽고 쓰는데 편하다
맑은 날에도 별이 흐리게 보인다
눈이 침침한 것은 밖을 보는 것을 적게 하라는
몸의 뜻인지도 모르겠다
광교 난간에 기대어 청계천을 내려다보는데
얼굴 윤곽이 뭉개진
물살에 일그러진 그림자가 나를 올려다보고 있다

율곡사

밤나무가 많은 골짜기에 있는 절이라서
절 이름이 율곡사

오래된 절 마당가 감나무에
붉은 감이 가으내 전등을 매달고 있다

어느 해 가을
감나무와 감나무 사이

모란꽃비를 맞고 있는 반쯤 눈뜬 괘불탱화가
걸려 있던 절이다

초승달이 구름을 건너가며
칠성각 구절초 흰 돌담을 눈 감았다 떴다 내려 보던 절

절에서 보내온 햇밤을 까는데
여린 속이 앳된 스님 얼굴처럼 희다

시

곽병희

기계과 9회 졸업
경남 창녕 출생
2003년 《한국문인》 등단
시집 『베이비부머의 노래』
한국문인협회 회원
전 진해문인협회회장
한국문인협회 회원
경남문협, 진해문협 이사
경남시인협회 이사

노송 숲에서 외 4편

곽병희

처음엔 곧게 걸어갔을 테지
이윽고
껍데기를 낫으로 도려내었을 때

고름이 흘리다 맺히고
더덕더덕 옴 붙은 자국을 그렸네

다시 일어났지만 이번에는
누군가가 덧난 옆가지를
사납다고 베어버린 저 아픔을 보아라
그래도 일어나 살아가면서
세상이 안 맞아 뒤틀린 날에는

사나운 태풍에 맞아 팔을 부러뜨리기도 한
기억도 품었구나
마침내
그가 걸어가는 길의 끝에 다다랐는데
그래도
옆의 친구와 나란히 어깨를 맞추고
태양을 바라보는 것을 잊지 않고 있었네

동해수산*

그 횟집은
동해의 허파로 숨을 쉰다

한번 아가미가 들썩이면

이따금 울릉도 지나 독도 정도
머리를 부딪힌 경험이 있었을 뿐
늘상 끝없는
유영을 하곤 하던

게다가
깊이도 얼마나 다함이 없었던가
그 광활한 폐활량을 마신 고기들이
떼를 지어 들어온다

도마 위에서
썰려나가는 시간이 다할 무렵
또 한 번 아가미가 펄럭인다

바다 깊숙이 날숨이 꽂힌다

*횟집이름

베이비부머 · 3

— 택시운전

그 도시에
물반 고기 반의 전설이 많이 해어졌다
마이카족들로 변신한 고기들이
노오란 부이의 파아란 찌를
더 이상 덥썩덥썩 물지 않는 것이다
아이엠에프가 한바탕 휘젓고 지나자
그 빌딩 숲속이 한층 맑아졌는데
그 속을 휴대폰으로 무장한 대리운전족들이
또 다시 저인망으로 쫓는 시절이 지나간다
치어 하나라도 놓치지 않을 각오다
이웃 도시로 향하는 대로에 줄지어선
세월을 낚는 황색 희망들
그 속에서 시외 행 도다리 하나 건진다면
백목련 같은 전등 하나 앙상한 가슴을 밝히련만
늦은 달빛이 주섬주섬 내려
LPG 가스통을 품은 저 엉덩이들이
위태위태하다

붕어빵

붕어빵은
붕어가 알을 내미는 무렵이면
거리에서 사라지기 시작한다
연못에서 강태공이
왕성히 낚아 올리는 계절에
거의 잊혀졌다가
찬바람이 쌀쌀히 불어오는
때쯤
골목에 하나 둘 머리를 내민다
거리의 월척이 시작된다

인어 다방

호젓한 포구 한 귀퉁이
아침이 외출할 무렵이면
다리도 없는 인어가
문을 밀어간다
순식간에 밀려들어온 바닷물이
다방 안에서 출렁거리고
먼 해조음 속에
인어 한 마리 유영한다
전설속의 고기가 사뿐사뿐 노닐자
너도나도 부푼 마음들
억센 뱃 사내들의 그 호기심들이
그 속에서 옹글어가면서
심해深海의 조금 짭쪼름한 커피를 기울이던
더벅머리 총각의 머릿속이
상상의 나래를 편다
저녁을 지나 밤늦도록 헤엄치던 그 인어
늦은 밤이면 바닷가로 내려서간다

시

김규동

필명 김재엽金在燁
기계과 10회 졸업
강원도 영월 출생
문학박사
2002년 <한국문인> 등단
시집 『전어』
저서 『박용래 시 창작방법연구』
2010년 창원공단문화상 수상(문예부문)
2014년 공단창립50주년 수기공모 입선(한국산업단지공단)
현 볼보그룹코리아 근무, 창원대학교 강사

기능인 외 4편

김규동

공고 실습
나와서 공장 생활 사십 년

결혼하고 집 사고 딸 아들 쑥쑥 낳고

고맙다
조국근대화
한길 가게 해줘서

비데

쪼그리고
신문지
구겨 쓰던 푸세식

걸터앉아
화장지
끊어 닦던 수세식

궁둥이
알랑방귀질
못 참겠디
더 이상

다이어트

골라먹는
재미로 먹을 때는 몰랐지

오른 살 깎는다고 시간 돈 마음고생

부럽다
물만 먹어도 살찐다는 참말이

밥값

살면서
떵떵대고
갖은 자랑 떨더니

쇠고랑에 마스크 휠체어에 죄수복

살면서
'뭣이 중한디'
밥값조차
못하는

평창군

평온한 터 골 깊고 산 높아 해피칠백_Happy 700

창성한 정기 모아 겨울 잔치 열리면

군불을 마카 지피세 큰 주름살 펴지게

*마카 : '말끔(조금도 남김없이 모두 다)'의 방언

시

김동석

기계과 13회 졸업
충남 예산 출생
《서정문학》 시 부문 등단
한국서정작가협회 회원
부산문인협회 회원
서정문학 운영위원, 『시작』 동인회 회원
공저 『한국대표서정시선』 6, 7, 『시작』 7호
현 (주)서영 부사장

봄날은 외 4편

김동석

초록 이파리 숫총각
싱그러운 풀 내음
한 아름 안은
구애의 몸짓에
붉은 연산홍 꽃 처녀
불타는 입술로 쓴
연분홍 연서
금빛 나비에
실어 보내면
붉으락푸르락
나부끼는 청춘 세상

봄빛에 익어가는
분홍빛 사랑
청홍실 타오르는
꿈같은 시절

초롱이

초록 잎들이 함초롬히 이슬 머금고
동녘에 신 새벽이 걸리는 시간
호랑이 등에 업힌
초롱이의 첫 울음은
초록 들판을 가로질러
푸른 산기슭에 메아리친다

수정 눈망울에 고운 얼굴
혜성처럼 반짝이는
머리의 보석들은
흙벽이 등잔불에 그을리고
입에 거미가 살던 유년시절
찔레순을 찾아 헤매다
검푸른 가시에
푸른 멍이 들었다

기차는 천리길 벗 삼아
남녘 끝자락 해운대에
초롱이만 남겨둔 채
동백꽃 입술에
이별의 기적울음 얹어놓고
언 철길따라 떠나가고
푸른 숲을 품은 장산* 기슭

용의 기운 용틀임 하는 그곳
기술 보국의 요람은
그를 품어 주었다

해운대 해수욕장에 만국기가 춤추는 8월
초롱이는 맨몸 하나로
넓은 바다에 돛단배를 띄웠다
별빛 등에 지고 노를 저었다
손바닥에 핏빛 수채화가 걸렸다
순항하던 배는 높은 파도에
좌초의 위기도 있었지만
신의 자비로운 은혜로
꿈 꾸던 무릉도원 희망봉을
금빛으로 물들였다
눈물꽃이 아름답게 피었다

지금
젊은 향기의
싱그러운 날개는
초록빛을 잃어 가지만
청춘의 조의금은
금빛 날개를 달아 주었다

꽃향기 그윽한 문학은
그를 시의 바다에 날려 보냈다
시는 청춘의 밀알이다
아름다운 청년 시절이
지금 그에게로 오고 있다

*장산 : 부산시 해운대구 북부에 있는 산, 높이는 634m.

겨울날의 울음

칼끝에 선 겨울은
시퍼런 서기 날 세우고
죽음을 예감한 흰 눈은
칼 날 위에서 곡예하고 있다

시베리아 냉기에 언 가슴들은
아직도 핏빛이 선명한데
벽난로 회전의자에 앉은 이들은
그 빛을 보지 못한다

겨울 열차는 선로가 어긋난 광야에서
기적소리마저 얼어 붙은 채
쇠바퀴에는 시뻘건 녹이 피처럼 흐른다

겨울날의 울음은 숨죽이고
흰 눈에 잠들어 있다

시/ 김동석 043

겨울에게

흰빛으로 감싸 안은
너의 품이 감사하다
차디찬 빛이
나의 심장을 멎게 하여도
나는 나의 길을 갈 것이고
그건 운명이다
심장이 하늘에 걸려
핏빛 노을이 된다한들
너는 너의 길을 갈 것이고
나는 너를 주시 할 것이다
얼음꽃ㅇㄹ 물든 세상은
아픔을 묻어 버린
내 안의 고뇌이다
은빛의 차가움은
슬픔이 아니다
흐드러진 가을 단풍의 잉태를 소원하는
푸른 청춘 예찬이다

볏짚

봄볕 익어가는 빈들
황토 빛 융단위에 볍씨가 떨어진다
비늘로 온 몸 감싸고
더 없이 좋은 날
해와 별들이
사랑 빛 내어 주면
초록빛 손들은 자라
소달구지에 몸을 싣고
흙 내음 젖은 잿들*에
농요 벗 삼아 뿌리를 내린다

아카시아 꽃비 내리는
아름다운 시절이 오면
볏 꽃은 머리에 노란 물들이고
푸른 알곡 되어 고개 숙인다

단풍들의 화려한 소풍이 시작되면
푸른 줄기는 속을 비워
모든 걸 알곡에 내어 준다
알곡들이 황금투구를 쓰면
줄기는 갈색 빛으로 야위어만 가고
핏빛 단풍잎의 망나니 춤이 끝나면
시퍼런 낫에 목을 내어 준다

볏짚은 알곡이 털리면
흰 연기 토해내고
혼 불은 하늘로
주검은 흙으로
분신공양한다

*잿들 : 고향에 펼쳐진 넓은 평야

시

김선암

전기과 13회 졸업
경북 영덕 출생
삼성전자(주) 근무
곰솔문학회 회원
현 대경사무기기 대표

불천위 제사 외 4편

김선암

나는 누구인가
어디에서 와 어디로 갈까
아버지 어머니 날 낳아 기르시고
할아버지 할머니 아버지 낳아 기르시니
육신의 영혼은 쉼 없이
이어간다

음도가 흐르는 고요한 시간
인寅시가 시작되는 찰나
예학의 종장께서 맺어준 인연 따라
경향각지에서 모인 후손들
정성을 들여 준비한 제수를
진설한다

천지세상의 미물도 잠든 시간
향내음 은은하게 퍼져나가고
조상과 하나 되는 시간
옥색도포에 유건으로 예를 갖추고
할아버지를 맞이한다

밤공기가 그윽하게 감싸고 도는
염수재에 엎드려 고개 숙인 후손들
조상신의 흠향함을 교감하면서
강물이 흘러 바다에서 만나듯
또 다른 만남을 갈구한다

꽃샘추위

찬바람이 매섭게 불어왔다
멀리 갔다고 생각했는데
무슨 아쉬움이 남아 있는지
뒤돌아 다시 찾아왔네

강가의 버들개비 하얀 솜털
찬바람에 서럽게 흔들리고
풍만한 자태를 뽐내던 앞뜰의 목련
벌거벗긴 채 애처롭게 떨고 있네

강남 갔던 제비도
제 고향 찾아 출발했다는데
너도 미련이야 뒤로 하고
어서 빨리 고향으로 돌아가렴

신록의 계절도 매미의 합창소리도
너와는 함께 할 수 없는 것이 아니더냐
단풍잎 너를 위해 바스락 춤을 출 때
그때는 다시 돌아오려무나

깨달음

보이는 아름다움은
가슴속 고운 마음의 또 다른 표현
멋을 부리기 위해 거울 앞에 섰다

머리도 감고 세수도 하고
면도를 한 후 거울 앞에 나아갔다
거울 속에 비친 당신은 나에게 말을 한다
마음속에 숨겨둔 오욕을 걷어내고
다시 오라고 얘기한다

그래서 창문을 열고 하늘을 우러러 보았디
맑고 푸른 하늘이 있던 자리에
짙은 먹구름이 대신하고 있다
울적해진 마음을 달래기 위해
공원의 연못가를 찾았다
다정하게 유영하는 붕어와 잉어는 말한다

마음이 고운 사람은 얼굴도 곱지만
얼굴이 아름답다고 마음까지
아름다운 것은 아니라고

하얀 세상

바람도 숨을 죽인 고요한 밤
모두가 잠든 캄캄한 밤사이에
하늘은 온 세상을 하얗게 만들었다

삭풍에 맞선 앙상한 나뭇가지가
하늘이 보기에도 안쓰러웠는지
하얀 솜이불로 따뜻하게 덮어 주었다

하얀 이불에 작은 구멍이 생기고
선홍빛 매화가 수줍게 고개를 내밀 때
따뜻한 봄은 찾아오겠지

얼음장 밑으로 물소리 들릴 때
내 마음에도 따뜻한 새봄은 찾아오고
하얀 이불은 시나브로 걷히겠지

가을 만찬

물감을 뿌려 놓았는가
아름답게 몸단장을 한 산야를
오랜 벗들과 함께 산행을 한 후
고향집 식당에 자리를 잡았다

봄 햇살 가득 품은 은행잎 한 접시
뜨거운 여름을 품은 빨간 단풍 한 접시
가을 햇살 새겨진 떡갈나무 잎 한 접시도
밥상 위에 한자리를 차지했다

땅속의 사연을 품은 감자도 자리를 잡고
사람과 별들의 대화를 엿들은 호박도
이야기보따리를 풀어 놓기 위해
밥상 위에 올랐다

먼 길을 여행하고 돌아온 연어와
고소함이 가득 찬 통실통실 전어도
상추, 깻잎과 함께 한자리를 잡았다

막걸리와 소주의
팡파레로 시작된 가을 만찬은
짧아지는 하루해를 아쉬워하면서
산 그림자의 어둠속에서도
쉬지 않고 이어진다

시

김의현

기계과 8회 졸업
경북 봉화 출생
전 대우중공업 근무
현 동현산업기계 대표
생활시문학회 회원

기술보국의 밀알들 외 4편

김의현

삼월의 향기가 코끝을 간지를 때
산골짜기 흰 눈이 까만 눈부실수록
소백의 깊은 겨울잠은 꿈틀거렸다

부산행 완행열차에 실은 젊음
해운대 장산 기슭 기술의 전당으로
조국 근대화 꿈들 씨알로 여물었다

검푸른 바다 차디찬 갯바람에
동백섬 더 붉게 피어나듯
피 끓는 가슴들 조국의 새벽종을 울렸다

가난이 스승이었던 차돌박이들
그 눈빛으로 해운대 달빛을 품었고
그 열정에 오륙도마저 밤을 지새웠다

반만년의 업보마저도
얼로 갈아 깎고, 혼으로 녹이고 붙여
만방을 제패한 우리 장한 장인들

금잔화의 눈물이 한강의 기적 되고
아교보다 더 진한 곰솔의 땀방울이
온 누리 횃불 되어 겨레의 가슴을 밝힌다

내 마음 너에게로

별들이 잠든 밤
도시의 밤거리 서성일 때면
솜사탕처럼 부푸는 너의 생각
내 돌 가슴에 당신은 목화밭이다

나뭇가지 상처 옹이는
다람쥐 곡간으로 쓰이던데
너의 이름 음각으로 깊이 새겨 놓은
내 냉가슴에는 언제나 바람꽃이 필까

네온사인보다 은은한 반딧불이
와인 향기보다 진한 찔레꽃이
사금파리처럼 명멸하던 그 밤도
너는 북극성 별빛을 향했고
그 별빛이 숨던 산등성이로
나는 밤마다 그믐달처럼 기울었다

길 없어도 바람이 가듯
이정표 없이 강물이 흐르는
정처 없어도 내 마음 길은
그대가 그대라서 늘 그대로다

동백 아가씨

들국화 향기 겨울잠 들면
눈꽃이 피어나는 청설모 동산
벌 나비 떠난 지 오래건만
세월 잊은 설움 누가 달래줄까

수줍은 동백꽃
칼바람 해풍에 붉게 저미면
민저고리 옷고름 터진 아기 동백
눈물 젖은 철부지 소녀야

시린 샆바람 해풍에
햇살 가득 속삭이니
몽당 웃음꽃 뭉클 피웠네
봄 마중 가기 전에 시집가려무나

봄의 미소

하늘과 땅
서로 보듬던 날
버선발로 달려 나온 미소
목련은 당신 가슴만큼 희다

내 역마살 품에
바보처럼 속아주며 안긴
당신의 웃음꽃 도화살은
영락없는 살구꽃이다

치맛자락 흔들라고
꽃들은 향기로 꼬드기고
새들은 시도 때도 없이 울어
바람인 나는 당신을 볼 수밖에

거친 땅도 때깔 내고
메마른 나무도 군복 입으며
노란 수선화인지 붉은 홍매인지
당신 옆구리 간질이란다

무학산의 겨울

무학산 지붕 위
북풍이 할퀸 억새 평원
해풍 먹고 피어난 소금 꽃
억새 소금장수 따라 떠난다

학봉에게 안긴 백로
지친 나래 접고
파도가 잠든 돌섬 바위
해조곡 웅얼대는 해초 바라본다

서워곡의 여름날
무지개꽃 피던 폭포
동장군 포로가 되어
떡갈나무 등 뒤 칼바람 피한다

둘레길 따라
즐비한 암자들 관세음보살
초록 바다 갯내음 피어나길
파도꽃에 무학의 춤사위를 부른다

시

김종연

기계과 9회 졸업
경북 경주시 감포 출생
곰솔문학회 회원

매화 외 4편

김종연

봄을 간절히 기다리는 이는 많아도
누구나 앞장서지는 않았습니다
얼굴을 땅속에 파묻고
모두들 숨어 있었습니다

용기를 가진 사람은
가장 힘있는 사람들이 아니라
가장 아름다운
사람들이었습니다

얼어붙은 세상을
단칼에 무너뜨린 것은
촛불처럼 여린
매화꽃이었습니다

몽돌 구르는 소리

파도가 치면
몽돌구르는 소리
물결처럼 몸을 뒤척인다

지금은 저렇게 둥근 것들도
하나같이 날카로웠던 처음에는
날이 박혀 서로 상처를 주었지만

파도에 휩쓸릴 때마다
모난 것들 하나씩 깨지는 아픔을 견디며
서로 같이 구르는 법을 배웠으리라

떨어진 조각들은 번뇌처럼 흘려보내고
남은 몽돌끼리 서로 부대끼며
두드리듯 소리를 낸다

오랫동안 갈고 닦아 둥글게 된 지금도
아직도 부족하다고
밤 새워 염불을 외며 몸을 다듬고 있다

봄이 치근거린다

봄은 개구쟁이 손자같이
늙은 나뭇가지에 매달려
치근거린다

밤새 옷자락을 잡고
봄바람으로 흔들어 대다가
어느새 봄비로 눈물 흘리며
떼를 쓰기도 한다

늙은 나무는 아직
새벽바람에 무릎이 시려
며칠 더 있다가 나가고 싶은데
봄은 안달이 나나 보다

그래도 금쪽같은 내 새끼
손자의 청에 못 이겨
이것저것 다 빼고
꽃부터 활짝 피워주고 있다

사랑하면 징검다리

물살은 돌을 어루만지고
돌은 물살을 껴안아 보지만

하나는 멈추어 길이 되고
하나는 흘러서 길이 되기에

돌은 물에게 길을 내어주고
물은 돌에게 길을 내어준다

왔던 길도 천릿길
가는 길도 천릿길

만남은 짧아도
인연은 강물보다 길다

미워하면 걸림돌
사랑하면 징검다리

시/ 김종연 063

잔디 깎기

주변에 키 큰 나무들
다 놔두고
가장 키가 작은
잔디가 웃자랐다고
그 놈만 깎아댄다

큰 것은 더 커야
아름답고
작은 것은 더 작아야
아름답다고

누가 봐도 당연하다는
세상의 이치가
어쩌면 이리도 슬프냐

그 놈이 자랐으면
얼마나 자랐다고
자꾸만
자꾸만
잔디만 깎아댄다

시

남선희

기계과 13회 졸업
전남 강진 출생
현 계영원테크 대표

봄의 곁 외 4편

남선희

봄은 어지럽다
억압되어 있던 상처들
겨우내 가늘어진 신경줄을 뚫고
연분홍 꽃잎 되어 거리를 뒤덮는다
오래도록 사랑한다는 말 한 마디 못하고
그윽한 미소 만면에 띤 채
파르르 떠는 입술 같은 바람의 봄이여
벌써 오래전에 내밀었어야 할 두 손은 주머니에 박힌 채
그래도, 안녕, 인사말을 건네야 했기에
억센 표피를 뚫고 올라오는 새싹들처럼
손가락을 내민다 흔든다
너는 보지도 느끼지도 못했을 그 안타까운 손짓을
너를 처음 만났을 때부터 하고 싶었던 말의 알갱이를
이제 꺼낼 수 있을까
이렇게 봄은 분주하고 어지러운데
내면에서만 오래도록 자라나 솟구칠 것 같은,
그 여물지도 못하고 비릿한 것들이
어쩌면 감당할 수 없을 만큼 한꺼번에 터져버려
너는 봄,
그 혼란의 와중에도 곁에 있을까

흐르는 봄

봄비 밤새워 내리니
아이들의 함성 같은 새순들 골짜기를 뒤 흔든다
명주실 같은 자작나무들 하얀 이를 드러내고 한바탕 웃어대면
이미 산은 깊은 수채화,
먼 곳에서 흘러온 강물에 초록의 산이 담긴다
산을 머금은 강은 제멋대로 교태를 부리며 흐르는데
아직 그대의 마음 한 줌도 담지 못한 나그네의 배는 어디로 흘러갈지
봄은 아름답고도 가혹하구나

봄산

봄이
꽃길로
오는 것으로 생각했는데
귀 기울이니
온산이 울고 있다
겨우내
숨죽이고 있던 것들의
짝짓기가 시작됐다는
강렬한 신호,
거대한 산이
부르르 떨고 있다
이런 날
사람인들
제 짝을 찾아
멋을 부리고
봄볕을 쬐지 않고
배길 수 있을까
닫힌 창문을
열지 않고 견딜 수 있을까

오십 즈음에

순신한산도에서 너의 시름은
많이도 깊었을 것이다
어쩌면 너는 오지게도
서러웠을 것이고, 혹은 인정하고 싶지 않은
두려움에 몸서리쳤을 것이다
달은 밝았고, 물결은 깊고 검푸르렀을 것이고
보이는 적보다 보이지 않는 적들이
너의 굴복을 보고 싶었으리라
긴 칼에 어린 서릿발 같은 의기는
너의 자존과 신념의 정체만은 아니었으리라
그것은 나의 두려움과 분노와 절망도 섞여 있었으리라
너는 그 시대 그날
오십의 나이에 한층 위대해 보이고 싶었고 너의 전쟁을
승전으로 만들고 싶었을 것이다
나는 이 시대 이날,
오십의 나이에
내 전쟁에서 승리하기 위해
싸워야 하는 것이다
너는 죽어 영웅이 되겠지만
나는 그저 살아남기 위해 몸부림친
한 남자의 기억이 있을 뿐이다
허나, 너는 나의 길
너의 오십도 나의 오십도

억겁의 세월에는
먼지 같은 무게로 남을지 모른다
다만, 너나 나나
시퍼런 칼을 차고
차가운 물위에 떠있다는 것이다
그것이 삶이니까
그것이 인생이니까

하루를 위하여

나도 모르게
꽃 피었네
눈은 어디에 두었고
코는 어디에 처박았던고
앞만 보고 달려온 세상
눈을 뜨고 코를 대보니
꽃은 바로 한발치서 향그러운데
발을 딛고 손을 뻗어
한 가지만 꺾어보려 하건만
허리가 꺾이고 다리가 저리는 걸
돌아보니 가버린 청춘이여
아쉽다 말게나
아직 동동주에 꽃잎 하나 띄울 힘
남았으니
말벗, 한 사람 곁에 있다면
넉넉한 하룰세

시

노민환

배관과 8회 졸업
경남 함양 출생
2005년《자유문예》시 문학상 등단
문학의 뜰 작가협회 이사
소로문학 동인
한국문인협회 회원
창녕문인협회 회원
문학의 뜰 부산경남지회장
시집『봄 여름 가을 겨울 그리고 세상살이』
『게걸음으로 걷는 세상』

매화의 계절 외 4편

노민환

울타리 아래 꽃씨 뿌리고
새싹 기다리는 재미와
날마다 넝쿨 꼼지락대며 자라는
행복함과 즐거움을 이제야 만날 수 있겠다

봄 향기
솜사탕처럼 가득한 날
겨우내 파랗게 볼 얼던 사람
오두막 내 작은 마당으로 살짝 불러야겠다

눈처럼 고운
꽃향기 참한 사랑
봄 기다리는 가슴에 오면
낙동강 물길 휘돌아 산자락에 매화가 피고

굽이굽이 산길에
꽃샘추위로 숨던 아지랑이
아직 열리지 않은 내 창에 떼로 몰려와
하얗게 매화 바람결에 흩뿌릴 준비를 한다

봄 나그네

산봉우리 따라
마을 쪽으로 내려앉은 계곡은
산수유 샛노란 물감 뿌려진 비단 치마다

꽃향기 쉼 없이
분가루처럼 들녘으로 흩어져
맑은 물길 따라서 자꾸 남으로만 달리고

산마루 넘는 해
저녁연기 위에서 손 흔들 때
어스름 노을도 나만큼 외로운 듯 서럽다

가을비 그리고 흔들리는 시간

추적추적
비 내리는 길에서
젖은 낙엽 밟으며 걷다가
옷깃 파고든 바람에 추억이 모여듭니다

저기
담장 옆 낙엽 위에는
반달로 접힌 낡은 우산이
토닥토닥
눈물 같은 물방울 얼굴에 적시며
하필 비 오는 날에 멀어진
예전의 사랑 온통 가슴으로 받아냅니다

그런가요
그랬던가요
이 가을 홀로된 저 우산도
나처럼 그리움 하나 품고 있을까요
그러기에 아직 모퉁이에서
오래전 떠난 사람 기다리는지 모릅니다

비와 이별이
더 깊은 슬픔이 되는 날
골목 돌아온 바람은

왜 아무 일 없었다는 듯
이토록 아픈 가슴앓이 계절을 외면합니까

낙엽과
추억의 시간 속
기다림이 숨어 있는 곳에서
지금
가을비에 젖은 내가 외로움에 흔들립니다

겨울나기

겨울이
몽땅 내게로 몰려와
헐렁한 가랑이 사이에서 히죽거린다
칼바람에 옷이라도 두꺼우면
세월의 아랫도리 서러운 이 냉기 막을 도리 있을까

저무는 해
허기에 지쳐 붉은데
작은 가지 붙잡은 마른 잎처럼
오늘도 창가에 앉아
어둠 사이로 속절없이 불어대는 바람만 미워해 본다

아직 내게는
더 자라지 못한 추억이 있을까
보이지 않은 미래는 빨리 오라 보채고
지치고 무거운 현실은
차가운 골목길 돌아와 힘없는 내 어깨 밀치고 간다

겨울밤

밤하늘
파랗게 매달린 별들이
유독 차갑게 보이는 것은 감청색 어둠 탓이다

시린 바람에
온몸 내어준 별은 어둠의 뜰에서
영롱히 빛나는 구슬로 바구니에 담길 것 같고

졸리는 듯
깜박이는 별빛 사이로
이렇게 차가운 바람은 또 어디에서 몰려오는지

잠결 속
기척에 놀라 깨면 겨울은 오늘도
냉기와 손 마주 잡은 채 손님처럼 모여 앉았다

시 — 박철

필명 월광거사
기계과 10회 졸업
전남 진도 출생
《순수문예》 신인상 수상
자유문예창작대학 교수 역임
시집 『그림자 놀이』 『예수가 죽어가고 있다』

무상無想 외 4편

박 철

바람이 있어도
바람이 없다
살갗에 스치는 느낌도 없이
가슴에 파고드는 바람
볼 수도
만질 수도 없어도
속은 확 트인 고속도로를 타고
동해 먼 심해로 간다
돌고래의 힘찬 몸놀림에
나비의 날갯짓이 미풍을 일으킨다
가슴에 점 하나 찍고
홀연히 사라지는 시상詩想
꿈틀거리며 기어오르는
달팽이의 몸짓으로
온몸으로
발버둥치는 지렁이의 모습으로
아주 낮게
아주 느리게
바람은 일지 않았다
바람이 있어도
바람은 없다

무제無題

고민이다
♡ 하나할까?
♡♡ 둘 할까?
♡♡♡ 셋
아주 많이 ♡♡♡♡…………♡
사랑은 그렇게 다가오고
떠나가는 것 일까?
딱 좋아 ~~~
정말 좋은 것
시작도 없고 끝도 없는
새로운 모습
놀이에 마침표는 무엇이며
물음표는 무엇인가
끊임없이 움직이는 구피의 모습
눈을 뜨고 잠을 자는 쉬리의 모습
사랑은 끊임없이 다가오고
물레방아의 도는 모습에서
사랑은 끝이 없다
김제의 드넓은 청보리 밭에서 일렁이는 물결이
시화호 갈대숲에서 피어나는
띠꽃으로 변해도
사랑은 변함없이 돌고 돈다

나는? (인류)

아프리카 오지의 흑인 할머니였다
밀림의 실개천을 따라 흐르는 물줄기가
구름 따라 바람의 방향으로 길을 걷는다
어디까지 미칠까?

가는 걸음걸이에 두뇌의 속삭임은
기억을 잃고 가마득한 추억
여인은 서서히 다가오고

태양빛 속도는 달빛을 우롱한다
어디까지 왔을까?

유럽 지나 중동사막의 낙타가 갈증을 참고
아시아 어느 섬나라까지
쉼 없이 왔다
망망대해에 돛단배 하나 띄우고
오수를 즐긴다
어디로 갈까?

북극곰들과 함께 헤엄치며 고래는 웃고 있다
할머니는 손자를 안고 아주 오래된
옛날이야기를 한다
알 수 없는 단어들이 오가도

눈빛으로 마주한 대화는 끝이 없다
어느 누군가?

딸의 모습에서 피어나는 향기
어머니의 얼굴
할머니의 모습으로 끝없이 이어진다
어머니의 일기는
책 열 권으로 모자라고
손금은 이미 없어진지 오래
아!
나는 누굴까?

산사 가는 길

죽비소리 들리고
주름진 방석
흐느껴 울기 시작한다
묵언 수행하는 스님의
눈빛이 눈 속에 묻힌다
운주사 석탑
훔쳐보는 돌장승이 여유롭고
공손이 맞잡은 두 손
일주문 뒤 사천왕상이 무섭다
스님의 뒷모습에 피어나는 꽃그림 하나
봉암사 돌부처가
너럭바위에서 놀고 있다
살며시 잡아 본 손
돌부처가 웃는다
님을 향해 비는 손바닥
화롯불로 꽃 피우고
멀리서 들리는
종소리
어머님의 음성이다

불면不眠

— 잠 못 이루는 밤을 위하여

소리가 없었다
하얀 소리
밤 새워 울던 그 바람도 소용없다
하얀 소리가 고양이 발로 왔다
태초의 소리도 없었다
소리가 품은 색깔은 없다
잠이 온다
나락으로 떨어져 한참을 울다
잠에서 깬다
불면의 밤
축복의 선물이 가슴에 안긴다

봄바람

망금산* 중턱
시신이 없는 묘에는 바람이 먼저 들어 와 자리를 잡는다
어느 날 팔 하나가 묻히고
그로부터 몇 달이 지나 다리가 묻히고
어느 시간 뒤
묘 하나가 만들어 진다
혼자서 묘를 파도 스스로 묻히는 생의 마감을
바람의 말이 전한다
머리뼈를 태양빛으로 잘라
뇌를 끄집어내고
폐와 심장 간을 갈라 잘게 부순다
사인死因은 바람이다
한줄기 눈물이 뺨을 적시고 있다
평화로운 죽은 모습
바람의 말로 전하고 있다
나무가 뿌리를 이어 탯줄로 이어지는 환희
죽음으로부터 삶으로 이어지는 공존의 소리
바람은 안다
봄빛 가득한 꽃향기 뇌를 서서히 마비시키고 있다
코 끝 바람이 속삭인다
봄이 살아 움직이는 것
죽음으로 부터의 환희

*망금산 : 전남 진도군 군내면 소재의 뒷동산

시

심재권

배관과 13회 졸업
경남 거제 출생
현 서울 북촌휴게소 서아갤러리 대표

봄의 점묘법 외 4편

심재권

돌쩌귀를 흔들며
없는 것들은 봉이라며
에누리 없이
온기를 훑어가던 바람의
불법추심이 끝났나보다

무너져 방치된
돌담 담쟁이들의 냉전이 끝나고
햇살의 맥박이 빨라지는 오후

바람의 등골을 타고 오르는
마삭줄의 점유권 분쟁지역에서도
꽃은 산새가 앉았던 자리를 기억해 핀다

슬픈 날엔 얼레지
그리운 곳엔 양지꽃
뻐꾸기의 탁란에는 비비새도 모르는
현호색이 있다
꿩의 바람꽃이 날아오르자
발랑 까진 생강나무 노란 암내를 내는데
산수유 마중 길, 구례오일장
수구레 국밥을 니것내것 없이 섞었던 오래된 사람아
발정 난 봄을 어쩌면 좋은지

오늘은 그대 낯선 눈빛에서
철든 암컷의 저울을 보고 돌아서는 길

사랑이란 찰나의 행위
지나간 흘레에는 안부가 없다

목선이 있는 풍경

바람이 터준 길을 따라
시멘트 축수로 물 더듬어 가는
칠천량 장안부두

소싯적 힘 꽤 썼을 듯
어깨 딱 벌어진 통발선
허리낭창 바람잡이 낚싯배 옆

폐경이 지난 늙다리 목선 둘!

일감 떨어진지 오래전인 듯
화냥기만 남은
낡은 몸뚱이는 찌뿌둥하다

바람이 은근
파도가 슬쩍
닳아빠진 밑구멍을
흔들기만 해도
씨-그득 씨-그득

젊은 날
붉은 깃발로 휘달리던
괭이바다의 만선얘기로
게거품 문다

신접살림이던
푸른 등대 아래선
참깨인지 별빛인지
대여섯 말씩 쏟아졌다나
파랑주의보 내린
매암섬 기슭에서
낯선 조류 닻을 내린 하룻밤
그날도 사실 만선이었다는데…

어창魚艙이 텅 빈 그날?
안개 낀 날이 많아 좋았다며
관자 빠진 조개처럼
다 까발리는
씹들의 뜨거웠던 한때를
게고동 걸음으로 슬금슬금
숫게 한 마리 엿듣고 있다

쑤근-덕, 쑤근-덕

만선의 주문을 잊어버린
늙은 어부의 허기진
씹(ship)

낮달

달이 아직 귀가 하지 않았다
아침까지 퍼마셨는지
핏기가 없다

저러다 사고 나지
암
뉘 집 딸년처럼
그 집 여편네 보라지

담달쯤 배부를 테지
그러다 남몰래 몸 풀고 돌아와서
손톱 다듬고
눈썹 그리고
만두 빚다가
산 뒤에 숨어서 헤프게 헤벌레!

배가 한참 불러갈 때
가끔 입덧 하는 걸 본적이 있지
그 담날은 비가 오더군

요 며칠은 대낮에도 돌아 댕기더만
장보러 가는 척
구름 뒤에 숨어서 낮걸이 했나보지

달걸이 중이라 뺑치더만 !

작별

음력 사월 스무 이렛날
엄마가 부처처럼 말없이 비켜 앉고
누이는 눈물 훔치며 절하고
나는 눈물 감추며 절한다

넙죽넙죽
염치없이 절 받는
너는 먼저 가서 좋겠다

서른세 살 이어서 좋겠다
장가 못가서 좋겠다

반어법 먹먹한 가슴도
모질지 못해
빼꾸기소리가 서너 번 쪼아 대자
빗장 풀린 슬픔들이
무더기로 쏟아진다

대성사 절간
쭉정이 가슴 엄마 눈에서

산새 한 마리
푸른 하늘
이승을 빠져 나간다

설날, 개 보름 쇠듯

그믐날은
집집마다
검은 눈썹을 지키려고
사방에 불을 켜 두었다

뭉텅이 바람 한 점 붙잡지 못하는
낡은 거미줄에는
해를 넘기는 마른 생각들이
불면으로 흔들린다

암막 커튼을 치자
별들의 기억이 사라졌다

이른 아침부터부엌에서 시작된
진양조의 생선찜과
프레스토 볶음으로
어릴 때처럼 혼자 차례를 지내고

넋으로 찾아온 누이와 동생
아버지도 오셨겠지
독백으로 만나고 헤어지는

배웅 나온 텃밭에선

외투가 엉성한 너구리가 주억거리며 수인사만 건넸다

안면 튼 지 오래전인데
산중턱 성묘음식에
한 끼를 향한 걸음이 바쁘다고

다들 그렇듯
잿밥이 우선

아이들은 가거나 오지 않았고
기억들이 철거된 채
요양원에서 설 쇠러 온
생의 여백이 많지 않은 엄마는 말이 없다

누구를 기다리는지
기다리는 사람이 있기는 한 건지

한동안 다투던 직박구리 부부가
은행나무가지에
적요寂寥를 매달아 두고 간 잠시

곤줄박이 한 마리 쉬었다가고
부지런히 허공을 찔러대며

하늘 수맥을 탐지하던 까치도 다녀갔다

탄핵중이라 끗발이 없는
겨울 햇살아래
냉이 몇 개가
오열을 맞춘 시금치 사이로 새치기 하면서
봄이 발아하기 시작했지만

엄마가 기다리는 사람은 끝내 오지 않았다
대신 밤사이 나이 한 살이 음력으로 다녀갔을 뿐

시

안병선

배관과 9회 졸업
전남 여수 출생
전남문인협회
여수문인협회
문학춘추 작가회
동인지 〈여문돌〉 회원

그믐달에 경배하다 외 4편

안병선

한 달에 한 번은 절해야 한다
겸손을 배우라는 듯이
배불뚝이 몸을 동그랗게 말고 뒹구는 판다처럼
형광등 아래서 펼치는 묘기다
폐 속 공기가 압력을 이기지 못하고
터지는 휴-, 그 소리 끝에
딸려 나온 그믐달 열두 개
소년의 사춘기 반항처럼 자라는
그걸 모셔내려고 엎드린다
아직 뼈가 말랑한 세 살 때
혹독한 홍역과 함께 찾아온 발가락 병,
양쪽 엄지는 반으로 갈라진 달을 밀어 올렸다
돼지처럼 쪽진 발을 가졌으나
되새김질 못하는 짐승은 부정하여 먹지 말라던
경전 말씀 덕분에 나는 먹히지 않았다
때론 어긋난 돼지발톱이란 비아냥을
들을 때도 있지만
한 달에 한 번씩 올라오는 그믐달을 향해
경배의식을 치를 때는 경건하다
발가락 수보다 두 개 많은 달만큼
더 오래 엎드려야 한다
신이 살려준 증표를 발가락에 지니고

달팽이는 집이 무겁다

우주 안에 태양계
태양계 안에 지구
지구 안에 한국
한국 안에 집
집 안에 몸
몸 안에 나
이렇게
작은
난
돈도 벌고
시집도 내고
이름도 유명해지고
신춘문예 당선도 되고
꿈이 지리산보다 훨씬 크다
큰 꿈 꾸는 내 앞에 달팽이 한 마리
제 몸보다 큰 집을 지고 느릿느릿 길게
진
땀
을
흘리고 간다
밤새도록 간 길이
화단 경계석을 못 넘었다

펴지지 않는 꽃

고뇌의 흔적이 뭉쳐있다
펴지지 않은 낙하산은 얼마나 아찔한가
펴지지 않은 꽃잎은 또 얼마나 위험한가
불순한 광고처럼 꽃을 안으로 감추고
지독히 내성적인 부피를 키운다
최초의 사람이 부끄럼을 알고
가장 먼저 이용한 이파리
우주에서 오는 고향 소식 같은
부서진 태양과 바람을
손을 펼 수 있는 만큼 한껏 펴서 받는다
모든 생명이 한곳으로부터 나오지만
그렇다고 다 형제는 아니다
사과가 돌배에 오빠라고 부르는 걸 본 적이 없다
한 테두리에 모여야 살 수 있다는 걸 알기까지
긴 세월이 필요했다
살기 위한 행위는 언제나 성스러운 것,
안에서 살고 안에서 꽃피워야 하는
비밀스러운 만개를 아무도 몰라야 한다
열리면 창을 들고 달려드는 세력들
아무 때나 나를 열 수가 없다
머리보다 생각이 커질 때
두개골을 열면, 거기 펼쳐지지 않은
겁먹은 꽃잎들이 빼곡하다

늙은 감나무

가을 깊은 산골에
이파리를 다 버린 늙은 감나무
마른 가지에 붉은 감을 잔뜩 달고 있다
무서리 내린 아침에도
시린 손을 참으며
붉게말랑이는 씨 있는 저것을
사직社稷처럼 보전하는 것은
감나무의 사명이겠지만
생각해보면,
세상에 감나무 아닌 어머니도 없다
딸 다섯에 아들 하나 둔 어머니는
아들이 암으로 세상을 뜨자
너희 중 하나여야지 왜 하나 있는 아들이냐며
마른 울음을 껵껵, 토했다
그래도 씨는 받아 다행이라고 중얼거리며
하나 있는 손자를 껴안은 어머니도
한 그루 늙은 감나무였다

별은 낮에 잠든다

공단 위 밤하늘이 까맣다
총총 빛나던 별들은 밤이 되면 지상으로 내려와
휘황하게 낮으로 산다
별은 참새와 같은 족속,
외곽 울타리에 줄지어 앉고
50m 타워 꼭대기에도 앉는다
파르스름한 신생 별빛
불그스름한 노쇠한 불빛
윙윙거리는 기계 속,
쉭쉭, 돌아가는 회전체 사이사이
윤활유처럼 반짝인다
펌프가 밀어 올린 뜨거운 피가
꿀룩, 꿀룩, 돌고
근육이 불끈 불거진다
야식을 먹은 눈꺼풀을 힘주어 일으키는 시간
별은 기계들에 간식처럼 빛을 한 모금씩 떠먹이고
동녘이 환해지면 새색시처럼 조신하게
조도를 낮춘다
이른 아침, 교대조가 기계 사이를 돌며
쓰담쓰담 안부를 묻고
집으로 돌아간 고단한 야행성은
두꺼운 커튼으로 아침을 차단하고 저녁을 청한다
밤을 꼬박 새운 저들이 내일을 키운다

시

여승익

기계과 15회 졸업
경남 하동 출생
부산문예대학 수학
2017년 계간 《예술문학》 신인상 수상 등단
산악인
시작 〈시동인〉 회원
현 금산툴스 대표

봄 마중 외 4편

여승익

계곡의 얼음이 조금씩 풀려나면
물가 나무 가지에 물이 오른다
차츰 계곡 물소리 요란해지면
겨울은 아쉬움에 동장군을 보내온다
비 내리고 햇살이 수줍게 얼굴 내면
동장군은 소리 없이 뒤켠으로 숨는다

꽃망울이 터지고
홍매화는 살짜기
온다

바람이 불고 햇살이 수줍음을 벗으면
성큼 봄은 여기저기 바람을 보낸다
향긋한 봄바람 난 처녀처럼 소곤소곤
그렇게 우리들 곁으로 봄날은 온다

별 내리는 밤

동무와 한 잔 술로 이야기하지
늘 술잔 속 별은 나의 동무이네

하나 둘 옛 이야기 꺼내들고
그 시절 추억 속으로 젖어드네

고개들고 바라본 드높은 미리내
별들의 축제가 이어지고 있네

전설의 이야기 속으로 스며들고
마음은 여전히 축제의 한마당이네

별은 그렇게 나의 마음속으로
깊은 사연을 들춰내어 주네

삶

울음으로
세상과 소통한다

나 홀로가 아닌
더불어 함께 한다

그래
동무와 함께 거니는
인생 항로가 푸근하다

손잡고 함께 별구경 가자

늦은 밤 혼자

힘껏 달려오며 견디는 시간들
사위를 감싸 안는 어둠의 힘들
걸어 올라가는 계단 밑 받치는
희미한 잔존의 기억들 새긴다

어둠이 안내하는 억겁의 시간
혼자만의 외로운 상념이 가진
지난날의 어득한 기억 저 너머
나를 일깨우는 시간 천지자연

홀로 다투는 외로움과 사투를
어찌 저 멀리 데려다 놓고 말리
지금 다 같이 외로움 떨쳐내고
어둠속 나를 찾는 길 떠나세나

세상은 내 마음 속을 그려가는
희미한 촛불일지언정 그 촛불
그 자리 올곧게 지켜 나가리니
내 거기 상념 버리고 있으리라

첫 눈 내리는 날

조용히 고개든 눈 위로
눈이 내려 온다

아직 보내기 싫은 가을
저만치 손짓하는 겨울

푸른 잎 위에 살포시 내려
소복이 쌓인 하얀 세상

내 마음 여전히 가을 하늘
가득채운 보름달 안고 있다

저 멀리 산중에 그리움처럼
눈이 내려 하얀 세상 마중한다

다시금 떠나는 가을마냥
내 마음에도 겨울이 찾아왔다

시
윤석봉

기계과 11회 졸업
충남 금산 출생
곰솔문학회 회원
현 에스디(주) 상무이사

강가에서 외 2편

윤석봉

인생은 강물처럼 흐르듯
가고 오는 날들
내 머무를 곳을 찾아
차 한 잔의 여유와 외로움을
마시고 싶다

떠나기 싫다고 못내 아쉬운지
내 소맷자락을 잡고
울먹이는 데
안개 가득한 시간은
내 마음을 비추고 있네

바람 속으로 걸어가면서
너를 가슴에 두니
모든 것이 무기력해진 모습들
시간의 흐름 속에서
내 발길은 점점 빨라지고 있다

매미

발뒤꿈치처럼 갈라진
나무 틈바구에
버티고 앉아
힘든지도 않은 모양이구나

한여름
활기차고 우렁차게 울었을
매미야

너무 깊은 잠에 빠져 있는지
아니면 매서운 추위를 못이겨
쓸쓸한 죽음을 맞이 하였는지
궁금하다

너 지금 뭐하고 있니

연꽃의 마음

어질고 평온한 호수에서

청초함을 잊지 않고

흔들려 가는 한줄기의 바람같은

너의 그 자태를 보았다

가식과 유혹에 물들지 않고

순수함을 지키려는 몸부림과

미소를 머금고 꿈을 꾸는

인자한 모습을 보면서

이파리에 앉아있던 청개구리에게

해바라기와 어깨동무하고

쏘다니자고 애걸하니

구름이 거치고 햇빛이 나타났다

가득한 향기의 분홍빛깔은

푸르름과 사랑으로 오므려지고

너의 안경너머 미간은

이미 출렁거리고 있다.

시

이광두

기계과 15회 졸업
경남 의령 출생
2004년 문예한국 시부문 신인상 등단
동인시집 [추억], [차] 참여
경남문인협회, 의령문인협회, 의령예술촌 회원
의령군청 재직

오후, 사무실의 봄 외 4편

이광두

나뭇가지 물방울처럼
봄바람에 매달린 오후 햇살이 나른하다
굵은 밑줄 위로
널브러진 욕망 가득 채운
PC 화면 글자들이 쉼 없이 눈꺼풀 짓누르면
지독하게 붙잡고 있던 의식도 아지랑이처럼 아롱거린다
문득, 땅을 향해
매화 꽃 피울 때 사랑이었다는 것,
추억 안고
하늘하늘 피어나다 놓쳐버린 꿈처럼
문장과 문장
그들 사이에서 서성이다 흩어지는 글자들
요동치는 전화울림에 놀란 가슴 가다듬어도
첩첩이 쌓여있는 문장들의 무게
여전히 하루를 떨쳐내지 못하는데
산골짝에는 벌써 햇살 한줄기 주름지고 있다

새벽 등산길에서

냉랭한 달빛 웅크리고 있던
겨울날 새벽
좀처럼 떨쳐내지 못한 어둠 안고
등산길에 올랐다
멀리, 고요를 타고 스며든
가로등 불빛은 넉넉하지 않았다
가쁜 호흡이
돌부리에 차여 헐떡거렸다
바람도 머물지 못했을 앙상한 가지는
이미 달그림자를 탕진하고 있었다
정상을 향한
밤의 끝자락에서
그 길은
침침하게 널브러진 삶을 뉘우치고 있었다

석양

봄바람이 세차다
그 틈새 화려한 꽃들 피었다 지고

꽃 진 자리
어머니 배꼽 같은 저 열매

긴 세월 너머
단 한 번, 너를 위해
칼날 같은 비바람도 추억이 되는 날

지는 해가 파랗게 눈부시다

순수의 계절

햇살
살짝살짝 그늘 비집던
날
진달래 발그레 수줍다
바람이 깔아 놓은
땅의 초록
별 무성한 뒷날에 잡초일지라도
이 봄엔
파란 해빙 같은 설렘

진달래

안개 걷힌 날
꽃잎부터 터뜨린 진달래
서툴게 봄바람 사이로 기웃거린다
산그늘, 허리 동여매고
앞 산 중턱에서부터 톡 톡
한 잎, 또 한 잎
냉기 촘촘한 틈 쪼개어 피운 꽃
봄비 속에서 만난
연인들처럼
바람 스친 가지마다 토닥토닥
이파리도 없는 꽃들이 한창 연애중이다

시

이상태

기계과 15회 졸업
전남 고흥 출생
곰솔문학회원
현 동방수기 전무이사

팽목항의 소원 하나 외 4편

이상태

울어도 눈물은 마르지 않고
쥐어짜는 가슴은 터지지 않고
울대로 차오르는 슬픔
저 무서운 바다만큼 흔들리고

우겨지는 설움과 아픔은
파도가 휘몰아치듯
어린 생명을 앗아 갔는가
누가?

아비와 어미의 고결한 눈물은
또, 바다와 하늘로 흩뿌려져
어디서 보고 어디서 만날는지

아이야! 이제 뭍으로 오르자
네 엄마에게로
와서 한을 내려두고
빛나는 곳으로 가려무나

한여름 대관령

울타리 너머로 망아지가 노닐고
옥수수밭 사이로 불어오는 바람은
팔뚝이 춥다
22°C 우~후

어젯밤 서울은 32°C

가지런한 이랑에는 고랭지 배추가
오물오물 자라고 있다

백제 고분의 아침

아직 푸르름이 가시지 않은
도심 속의 작은 숲 커다란 무덤
서로 서로 여백의 거리를 두고
수백 년을 유지하고 있다

하늘은 희뿌연 안개로 덮여있고
황토 바닥 얇은 돌로 간간이 깔린 길
발끝에 느껴지는 불규칙한 울림

더위가 기승을 부리던 이 길에도
벌초한 잔디의 잔해는 짙은 풀내음을 내뿜고
이른 가을바람은 팔뚝의 살갗을 사르르
훔치고 지나간다

고대와 현대가 공존하는 이곳
고분 저 너머 솟아있는 타워처럼
권력과 탐욕의 전쟁 같은 시절은

시끄럽다 오늘도

화순 너릿재

바람만 새 차고 비는 그쳤다
산보 한 걸음

처음 가보는 길
여름 수국, 층층나무
바람에 실려 오는 은은한 꽃향기
아! 님에게는 보내줄 수가 없네

가뭄에 말라가는 강바닥으로
단비의 고마움이 내리흐르는 고갯마루
한 해의 반이 지나간다

바람 같은 길

낯설고 설레는 마음
나그네의 족적 따라 노래하나 불러다오
길은 가파르지만 꿈처럼 운치가 있다

소나무 그늘 밑 두 고갯길 너머
청솔 아래로 저수지가 보인다
바람은 시원하게 불어오고
처음 가는 나그네는 한가롭다
멈추지 않은 움직임으로
뒷등에 지게 받치고 쉬었다 가듯
물처럼 흘러 흘러 어울리고 싶다

영동 심천 박연 선생 숨소리
어죽 한 그릇 비울 때까지
대금소리 청아하게 물결 따라 흘러간다

시

이진귀

기계과 10회 졸업
경남 남해 출생
한양대 문학회
현 KOREA-CHINA EXHIBITION AND TRADING 대표

아파트 건설현장에서 보낸 한 철 외 4편

이진귀

1

낮달이 내려다보는
아파트 건설현장에는 지금
신들린 듯 목수의 망치는 벽 위에 단단히 못을 박고
다시 확인하여 벽종이까지 속 시원히 바른다
벽속의 벽속에서 콘크리트의 비좁은 내장內臟에 갇힌
산들바람
햇살이 타올리는 일꾼들의 담배연기 속
아지랑이처럼 고향의 동산은
등짐에서 누르는 반발로 상여를 구른다
바람이 불어야한다
없는 바람 속에서 산소용접기의 불꽃이 일고
주위는 더운 공기 속
땀이 땀 위를 구르고
철근의 단단한 세포를 끊어내는 것은 다시
단단히 묶기 위한 것이므로 옥상 위의 푸른 하늘이
지금 수척하다

2

등에서부터 떠오르는 아침 해 보입니까
굴절은 사방으로 일고

긴 그림자 매몰지를 때 없이 떠돌아
깊은 구렁 속 알 수 없는 어둠의 무늬
푸른 동산이 넘어진 자리에 죽순竹筍처럼 솟는
철근의 행렬
바람이 철근의 허리를 감싸고 돌 때마다
지쳐서 나오는 바람의 살갗에 이는 배신의 회오리
조약돌 모래들의 단란한 한 때
정오의 햇살이 지하로 뻗어내려
낮잠처럼 한 발자국의 꿈을 밀어 낸다

3

지상으로 솟는 집에서 내려다보는 세상
이웃이 이웃처럼 나지막이 이웃해 있고
모르는 사람과의 대화는 단절이다
홀로인가 고립의 키 큰 나무가 바람에 푸르름 더하고
포장마차에서 흘리는 눈물은 주인은 셈하지 않는다
시멘트 위에 눈물자국이 굳고
편리한 세상 구태여 동산을 싸들고 이사할 사람 없듯이
떠도는 사람 위에 안타까이 떠도는 바람
낮달만 실없이 하늘에서 웃고 웃는 대낮

그레고르 잠자에게 보내는 작은 사랑의 노래

— 내 작은 방에 대하여

참 막연한 퇴근 길, 추워지는 저녁
벌 떼처럼 토하는 소주 위의 서러운 가슴 지켜보며
하루의 무게를 어렵게 지탱한다
모래 내 건널목은 오늘도 버젓하기만 하다
며칠째 문을 닫은 황제제화점 외눈박이 아저씨는 어딜 갔는지
구두 뒤창을 수선할 때가 되었다
헐떡거리는 구두를 신고 3층 옥상을 오르기란 어렵다.
나의 몸은 신경성으로 무겁고
방은 하늘처럼 높아
어둠속을 스믈스믈 빠져 나오며
방을 찾는 두려움

사랑하는 너는 오늘까지 집을 나가 소식이 없다

모두가 빠져드는 어두운 골목에서
더욱 당당히 앉아 있는 키 작은 아저씨와
리어카 위의 앙큼한 과일들
아서라 당신의 당당함이 어디서 오는지 무섭고도 지겨운 적이다.
살그머니 피해 창자 같은 골목을 들어가다
저만치서 솟는
무서운 손
주머니의 열쇠를 찾는다
계단에 발을 올려놓고

하나, 둘, 셋,
남들이 보면 재미있을 계단 밟아 오르기
하나, 둘, 셋,
내 자그만 3층 방문을, 소스라치듯 순간적으로
호주머니에서 열쇠를 꺼내, 습관적으로, 자연스럽게
문을 열고 들어서면
문이 보이지 않고 다시
문을 닫으면 당신의 눈을 막는 문이 다가선다
두개의 문이 보였다가 사라지고
책상 속에서 튀어나온 낡은 문이 달려온다
미완의 문이 좁은 방 밖에 널려 있다
늙은 목수는 남쪽으로 떠나고
망치, 못, 대패, 끌들이 처마 밑에 녹슬어 있다
문을 열 때마다 망치소리, 타 - 앙,
내가 목표이듯 달려든다
다른 사람의 손이 닿지 않는
이 방이 내 땅이고 내 삶이라면
문을 닫고 가만히 하늘 안보이는 어둠과
잠겨 있는 창틈의 바람
아담한 이곳이 아름답기도 하다
그것만이라도 살찌우는 양식처럼
부드럽게 바로 서서
하나, 둘, 셋,

땅을 딛는 즐거움

방바닥엔 '떠나간 나를 찾을 필요 없음'이라고 쓴
흰 쪽지 한 장 뒹굴고 있다

우리 모두가 살아 있다는 두려움
습기 찬 내 방이 축축이 젖어들고
사막처럼 마른 빈 머리의 공포
어디일까 우리가 꿈꾸는 곳
손 뻗혀 바슐라르의 무지개다리를 건너고 꿈을 꾸며
좁은 방일수록 가득하게 불을 켜고 밤샘을 한다
습관적 기다림을
매화 망울 짓는 새벽녘 꽃초롱으로 바꿔
쏜살같이 방문을 열고 일산一山근처
나무 숲 사이, 골목길, 다리를 건너고
높은 산, 향기로운 꽃밭을 뛰어 놀며
나비처럼 가볍게 훨훨, 맑은 공기 마시며
파란 하늘로 솟는
바람이 불어온다

아! 사랑스런 내 작은 방의 열려 있음이여

*그레고르 잠자 : 카프카의 소설 변신에 나오는 주인공

낙동강 물풀

낙동강 가를 무심히 걷다
물속에 의연히 서 있는 물풀은 본다
물풀에게도 남모르는 전설이 있을까
안개비 내리는 날 바람에 흔들리는 갈대
그보다 더 낮게 물속에 몸 드리고 서 있는
물때 묻은 물풀의 초연함
모든 죄 홀로 안고 서 있는 듯
감옥처럼 젖어오는 강물의 차가운 중압
우리가 버린 남루襤褸를 무딘 풀이파리 살결로
한 올 한 올 건져 올린다
금호강 물줄기 속살과 금강 구비 도는
안동네 잔 시름까지 감싸 안아
물살 속 소리 없는 울음만 자르릉 온 강을 흔든다

아무도 물풀의 슬픈 사연 기억할 수 없지만
기억하려는 사람 없어
물 속의 붕어, 메기, 민물새우의 집이 되고
시린 물살 번지는 외로움을 가누어
땅 속 깊이 단단히 뿌리만 붙잡는다
흔들릴수록 물 속 어디에도 없는 사랑 그립고
어두운 밤이면 물 속 어디에도 없는 볼 수 없는
별이 보고 싶다
내 뿌리의 터전이 메마를수록

맑은 하늘의 꿈은 실핏줄 타고 내리는
한줄기 햇살에 온 몸을 싣는다

물 위로 따사로운 햇살이 전해오고
하늘은 드높고 아 푸른 하늘은
잊혀진 꿈이 되고
전설처럼 강 건너는 나룻배의 노 젓는 소리
실낱처럼 어여이 강바닥을 되친다.

물풀은 당신이나 나나 다 가지고 있는
텃밭에서 자랄 수도 있고
태백산 개여울 가 산빛 따라 살 수도 있지만
바다도 아닌 낙동강 하구 언저리 그쯤에서
물위로 밀려오는 한줄기 햇살 그리며 오늘도
강바닥을 딛는 작은 소리
더 낮은 청동빛 소리를 뭍으로 뭍으로 밀어 보낸다

너에게로 가는 길

그 아픔 덩어리로 남아 있는 겨울바람 부는 날
너는 빌딩에 숨어 있다 무얼하는지
너는 말이 없었고 미소도 없어
부자연스레 겨울 가운데 옷 벗고 서 있다
나는 간다 너에게로
주머니의 동전과 조금의 식량을 들고
오후 내내 내리는 눈길을 걸어간다
80년 어느 봄날 신발 적시던 빗방울처럼
너는 눈이 멀어 볼 수 없고
너는 말을 잃어 질기게 돋아나는 풀잎 노래 못 부른다
너는 불감증도 심했다 눈물도 없이
내 편지를 읽을 수 있고
답장도 써 주었다
하얗게 일어나는 너의 언어들은 나는 더 읽지 못했다
다만 표정 없는 너는 내 사랑의 표적이 된다

어느 날 낮에

내 아파트 베란다에서 밖을 보다
공터에서 넘어지는 아이를 보았네
나이는 몇일까 누구네 집 아이일까
공상하다 뒤돌아서서 텔레비전 뉴스를 듣는다
배가 고파 아이들 주려고 사놓은 새우깡을
씹는다
아삭거리는 맛이 괜찮다
다시 무료한 참에 컴퓨터로 가서 즐거운 게임을 한다
동굴 속을 방망이 들고 가는 게임이 싫증나서
스키장을 달리는 속도를 즐긴다
더운 목덜미에 땀이 고여 오고
옆에서는 아파트 건설 현장에서 들려오는 쿵쾅 공사하는 소리
따분한 오후는 종이짝처럼 널려 있고
낮잠은 왜 안 오는 것일까

마누라가 시장을 다녀왔다
무거운지 비틀거리며 장바구닐 들고 문에 들어선다
맨 날 가는 장바닥인데 웬 짐 보따리일까
약간 맛이 간 생선 냄새가 파도처럼 퍼진다
맛이 있을까 마누라 요리 솜씨야 좋으니 별 탈이 없을 것이다
마지막으로 내려놓는 장미꽃 송이 어디에다 두려고

시

정원석

전기과 10회 졸업
경남 거창 출생
공학박사
《시와 수필》 신인문학상
시집 『세월이 머무는 길목』 『살며 사랑하며』
현 한라이비텍 대표

가슴에 내린 눈 외 4편

정원석

온 누리
하얗게 변해버린 날

느닷없이 막아서는
찬바람의 힐책에 밀려
언뜻 뛰어 나가 반기지 못하고
문틈으로 내다본다

나무는 하얀 옷
바위는 하얀 모자
지평선은 지우개로 지우고
산과 강의 경계가 무너져
사 차원의 공간만 솟아올라
눈앞에 펼쳐져 있다

살아온 과거의 흔적도
저처럼 하얀 눈으로 덮을 수 있다면
그 동안의 허물
탈출구를 찾을 수 있을 텐데
기억 속에 묶인 생채기
어둠을 벗어나지 못하고
무질서한 자국을 남기고 있다

쌓인 눈 아래 삐죽삐죽 솟아오른
말라버린 풀들의
소리 없는 외침처럼
입 안에서 맴돌다 사라지는
못다 한 회한의 넋두리
지난 시간의 트랙 위에
앙금처럼 맺혀 눈앞에 쓰러진다

흰 눈이
가슴에 소복하게 쌓인다

만추晩秋

보내는 마음
쓸쓸함이 베어나는 찬 이슬
바람에 쓸려
어디론가 날아가고
홀로 선 앙상한 나무
길게 늘어뜨린 그림자
그 가지 끝에 매달려 있는
시월의 끝자락

먼 길 찾아가는 기러기
지평선에 아른거리는
붉은 구름을 타고
억새꽃에 맺힌 속삭임도
하나 둘 날아서
찬란한 내일을 향해 떠나면
쇄골만 남은 줄기와 함께
감나무에 위태로운 홍시
황혼의 블루스를 춘다

낙엽 떨어지는 소리
사뿐히 밟고 지나가는
가을로 향한 언덕길
사랑앓이에 들뜬

청춘들의 어설픈 밀어
뒹구는 낙엽 따라 스미고
교교히 흐르는
은색 달빛에 얹혀 퍼져가는
귀뚜라미의 소야곡
가을의 아름다운 향기
폐 속 깊숙이 들어온다

비상飛上

움츠린 가슴을 펴고
활짝 열린 세계를 찾아
창공을 힘차게 날아오르는
무지갯빛 이상

너울거리는 하늬바람 타고
고뇌하는 대지를 떠다니며
얼어붙은 사막의 가운데
잠자는 꿈들을 깨운다

나지막하게 다가온
망망 바다에
힘들었던 기억은 띄어 보내고
희망의 돛대를 세워 올린
한겨울의 방랑자

찬바람 몰아치는
언덕을 넘어
아득한 저 하늘 향해
지치지 않는 날개 짓으로
힘찬 비상을 한다

연모戀慕

소리 없이 빠져나가
빗살같이 달려가자

새파란 하늘가
불덩어리 달고 날아가는 혜성이
차가운 얼음동굴 속으로
꼬리를 자르며 사라지더라도
통곡하는 사시나무 숲 건너
풀 먹인 연줄 튕겨 달려 나가듯
그대에게로 가자

솟구치는 하늬바람에
찢어질 듯 팔랑거리며
몸부림치는 그리움
물보라 남기고 떨어지는 폭포수처럼
하염없이 허공을 헤매다
천 길 나락으로 빠지더라도
무서리 앉은 골짜기 가로질러
질풍노도 같은 기세로
그대에게로 가자

정처 없이 떠돌다
가던 길 멈추고

쌓인 설움 쏟아버린 먹구름이
무지개 뒤로 숨어들며
미처 전하지 못하고 묻어둔
울긋불긋 그리움의 흔적
사랑 꽃 펼쳐진 푸른 언덕
피안의 세계
그대에게로 가자

해오름

상념의 호수를 건너
푸념 속을 맴돌다가,
한 밤을 새우며 잉태한
밀알 같은 염원
하나하나 삐져나와 허공을 떠돈다

저 하늘가를 수놓으며
붙박이처럼 자리하고 앉은
천 년을 지켜갈 약조
쏟아지는 빛줄기 타고
앙금처럼 엉기며 도드라진다

무너져버린 줄 알았던
심장의 고동 소리
소망의 언덕을 떠나지 못하고
시선의 끝 언저리에서
범종의 여운처럼
은은하게 울리고 있다

침묵의 바다를 건너
어둠을 밝히는 화톳불
하늘 가득 떠올라
수정처럼 맑은 향기 피우며
텅 빈 가슴을 채운다

시

정희석

기계과 10회 졸업
경남 거창 출생
현 경상북도청 공무원 근무
《문예사조》 신인상 등단
시집 『그리움에 찢긴 시간』
현 경상북도공무원문학회 회장
현 경북도청 혁신법무담당관

딸아이 외 4편

정희석

1

짝을 찾아 날아가겠다고 한다.
품 떠나기 싫어 직장 따라 떠난 몇 해도
집 밥 그리워 몸살 났던 딸아이
멀리 떠나려는 모습, 바람이 단단히 들었다

철없는 소리로 곱씹어지는 아침
눈에 넣어도 아프지 않은 딸아이
먼 이국의 땅으로 떠나는 용기에
품속 아이 떼어 놓은 듯 마음만 녹는다

부대끼는 땅에 사는 사람이래도
외로운 갈등 쉽사리 풀리지 않는데
하늘아래 다른 어느 먼 땅에서
사람 정 느끼며 살고 있는지

케케묵은 허물 벗어 던지듯이 빈 몸으로 떠났다

2

염려를 삼키고 먼 땅에서 소식이 왔다

새 둥지 무슨 자리인지도 모르면서
허허벌판에 한줌 희망의 씨앗만 가진 채
마음에 낀 가방 채 풀지도 못했을 텐데

시련을 뚫고 돋아나는 청아한 난처럼
향기를 펴는 귀한 보물 다듬어 내듯
홀로 눈물 삼키며 아이를 품어 안아
먼 땅에까지 기쁨의 빛을 전해왔다

눈동자로 설산의 맑은 물을 퍼내고
이마로 그늘 없는 정겨움 그려내며
모습에선 순수함 그대로만 간직하고
오물대는 입술로 세상 아름다움 담아낸다

창에 낀 이슬 닦아내면 매화향 번져나는 계절이다

막차를 타는 사람들

생활전선에 매달려 막차만이라도 타야하는 사람들
그 사이로 아쉬운 시간을 남겨 쓰려는 사람들이 있다

그냥 그대로 머물고 싶은 간절함은 현실의 아픈 공간이라도
온기 있는 불꽃이 되어 찬바람을 가로막아 선채
마지막 버스를 기다리고 있다.

잡은 두 손사이로 솜털 같은 시간 녹아 흐르는 밤공기를 가르면
함께 갈수 있는 곳까지 놓지 않으려 막차를 탄다

도회의 불빛이 강물을 찌르는 다리를 건너
또 다른 길로 가야하는 떨림의 순간은
둘이 아니라 하나이고 싶은 마음으로 시간을 붙잡아본다

말하지 못한 만남의 소중한 단어들이
막차바퀴에 매달려 떨어지지 않으려는 모습이
뿌연 연기로 삼켜버리는 늦은 밤은 아쉬움으로 하루를 접는다

오늘의 시간은 두 사람이 나누워 썼기에 빨리 흘러 지나가 버렸다
내일은 두 사람의 시간을 더하여 더 더디게 막차를 탔으면 좋겠다

행복은 달아날 공간 없는 박제된 인생이 아니기에
이별 없는 미래를 그려낼 막차를 탈 것이다

현실의 아픔이 있을지라도 가까운 시간에 내일이 있기에

꿈에서라도 느낌이 배어나게 하고파
놓치고 싶어도 놓칠 수 없는 막차처럼
이들에게 막차는 기다림의 공간을 정감으로 그려놓는다

그런 사랑을 그려내는 인연이 있어
힘겹지만 오늘도 희망의 여정을 가듯이 막차를 탄다

바쁘게 사는 여인

어깨엔 손가방 메고
왼손엔 종이가방 들고
오른손으로 통화까지 하면서
다른 귀에는 이어폰으로 무엇인가 들으며
걷고 있는 여인이 있다.

마스크로 빛과 공기를 가리고
하이힐을 신고 뛰듯이 걷고 있다

저 여인이
들고 메고 가는 무게는 얼마일까
무슨 대화를 하고 무슨 음악을 듣고 있는 걸까
급하게 가야할 일 무엇일까
아침 햇살 가리고 가야할 사연 있을까

힘겨운 모습으로 아침을 가리고 뛰어가는
오늘을 사는 사람들의 모습을 본다.
찬바람이 일어나는 계절의 길목에서
무엇을 위해서 살아왔는지
또 살아갈 것인지 한번쯤 뒤돌아보는 아침이다

우리는
무엇을 메고

무엇을 듣고
무엇을 말하고
어디로 뛰어가는 것인가
무었을 찾아가는 것일까

힘겹더라도
빨리 가면 행복이 기다리고 있는 것일까

멍하니 뒷모습을 바라보는 나는 어디로 가는 것일까

아버지와 딸

팔순 노부와 어른 된 소아마비 딸
손잡고 걷는 도회의 아침은
평온함이 그렇게 닮아 있다

쓰러질까 딸아이의 손을 보물처럼 잡고
딸은 아무렇지도 않게 밝은 웃음으로
가끔씩 노부를 쳐다보며 걷고 있다

두 얼굴엔 고요가 흐르는데
휘청거리는 손으로
아비의 이마에 땀을 닦으려
허공만 스치는 모습을
노부는 가만히 쳐다보며 걷는다

노부의 힘,
아버지란 깊은 샘에서 솟아나는 것인가
어쩌면 티 없는 얼굴에서 지탱하고 있으리라
이들이 걷는 것이 바로
삶이요. 행복이요. 사랑이다

노부 떠나고 나면 누가 이 길을 함께 걸을까
쓸데없는 허상에 부끄러움이 엄습한다

혼자 걷고 있는 나는
무엇 때문에 휘청거리고 있는가
하늘이 맑다
너무 맑아 가슴 깊이
파란 떨림이 눈물 되어 눈이 부시다

정이란

정이란 바라보고 있어도 안타까운 마음이 물결치는 것이다
정이란 헤어짐도 만남도 가슴조이는 꽃을 피워낸다
물은 흘러갈 때 소리를 내며, 꽃은 피어날 때 향기로움을 더한다

정이란 가슴속으로 스며들어 움직이는 마음이다
정이란 사람사이를 담아내는 오래된 놋그릇 같은 것이다
가만히 있어도 움직임이 있으며, 오래될수록 은은하게 빛나는 빛깔이다

정이란 주고받는 것이 아니라 퍼내도 줄지 않는 샘물 같은 것이다
정이란 오랜 만남으로 피어나는 그리움이 함께 호흡하는 것이다
아쉬움이 미련으로 남더라도 소담스런 모습으로 다가가는 마음이다

시

조양상

기계과 10회 졸업
충남 광천 출생
사단법인 한국백혈병소아암협회 창립 초대 사무총장
에세이문예 부회장
계간 시 전문지 <시와소금> 운영위원
시집 『연꽃에게』(2011)
수필집 『보람찬 일터 옥포만』 외
현 충무공이순신인재원 대표
현 조선플랜트엔지니어링 대표

함초 외 4편

조양상

어머니
얼룩 몸빼에서는
갯내가 풀풀 났다

별꽃 무더기가
천수만 갯벌 가득
어리굴젓 살찌우던 밤

뚝새풀 어린 몽당손들
젖무덤 찾아 글썽인 꿈길에
통통마디*는 빨갛게 물들었다

달 따러 갔다가
별을 달고 오는 기수역*에
서성이던 모정도 짭짜름해서

갈대숲 바람이 저미면
밀물처럼 미어지는 어부바
어머니 얼룽무늬는 함초롬하다

*통통마디 : 갯가나 염전 길섶에 자라는 함초의 다른 이름.
*기수역 : 강물과 바닷물이 만나는 곳.

곰솔의 노래

너울 먹고 해풍에 자란
곰솔 휘파람 소리가 청정하다

됩성부른 다복솔 자식을
가난에게 공물로 바치신 어머니들
그 동강난 등걸 품마다
아릿하게 핀 송화, 멍울 꽃가루는
해운대 달그림자로 질척이고

한밤중 솔가리 태우던 기척,
워낭소리 달래던 아버지 마른기침은
철갑 두르지 못해 쉽게 휜 등골마냥
쇠 썰어 부르터진 손마디 옹이만큼
아베, 아~베, 아베베 풍경소리로 철들었다

'부상을 바라보며 우뚝 솟은 곳,'
솔바람이 흔들어 키운 형설 꿈들이
동백섬 산다화로 수북이 피어
얼룩진 세월 가득 원고지를 채우면
갈매기 꿈길 앞장설 관솔불에
오륙도 노을도 참 곱겠다

외서댁 꼬막집에서

조계산 그늘이
회정리 들판을 보듬으면
소화다리 밑 오금 저린 뭇 철새들
외서댁 치맛자락에 날아든다

백운산 어치계곡과 배꼽 맞춘
마파람 따라 출가한 빨치산도 또아리봉,
외서 친정이 먹먹골 된 줄 알았더니
1박 2일에 출연해 담치 간판까지 달았다

꼬막 맛을 잊지 못하는
엉치에 금 간 까끔실 남정네들
쫄깃한 허기 채워주고 싶어서인지
순천만 갈대는 피조개들 아슴한 사연을 알까?

갯벌 질퍽거린 만큼 속살 꼬숩고
도도록한 고랑일수록 아릿아릿 찰져서
그믐달 그림자가 홍교 더듬듯
동지 밤 홑바지는 서쪽으로 펄렁거린다

하모 횟집에서

동기들 모임이 야릇해졌다
고기든 괴기든 안가리던 먹장어들이
이젠 곰치껍데기 마냥 미끌거린다

지난 일공모임 메뉴는 붕장어 아나고
누구 애처가 궁해, 해대려海大鱺* 들이대는지
갯장어 하모횟집으로 이번 모임을 정했더니
안하고는 못베긴다나 설레발도 하모 하모다

젊어서는 야한 숫자라고
10회를 일공회, 열기회라 이름 짓더니
이제는 서빙 아지매 치마폭이 눈 흘겨도
뱀장어들 건배 삼창 아우성은 늘 '씨입~회'다

일 잘 저지르는 하고재비 갯장어라서
미꾸라지처럼 동기회 완장 손사래 쳐왔는데
조선소 명퇴당한 웅어*들 마당쇠 역할은
파란바다 알약, 공급책 어울리겠다

*해대려 : 1814년(순조 14)에 정약전(丁若銓)이 저술한 어보(魚譜). 정약전이 귀양가 있던 흑산도 연해의 수족(水族)을 취급한 어보이다. 자산어보에서는 붕장어를 '해대려(海大鱺)'라고 일컬었다.

*웅어 : 표준어로는 드렁허리. 주로 논두렁에 구멍을 뚫어 논물이 빠지게 해 미움을 받는 뱀과 장어 중간쯤의 민물고기이다. 드렁허리를 충청도 사투리로 '웅어'라고도 부르며 지금은 귀한 물고기로 약용으로 쓴다. 중국과 동남아 지역에서는 식용으로 쓴다.

옥포 방파제에서

옥녀봉이 글썽거리자
옥포만 뱃고동 소리가
임진년 곡소리보다 더 갈쌍하다

여덟 왜구 품어준 포구,
파랑포 등대도 승전보에 기뻐
눈시울 적신 날이 엊그제인데

강막지* 소금창고에 숨어
남몰래 울었던 우리 님 어깨마냥
옥포방파제 출렁이는 거친 너울은
돌쐐기 바람맞으며 여신을 기나리고
쇳소리에 귀먹은 이립 꿈은
주인 잃은 쪽배처럼 떠돌아도
나대용* 후예들 철갑선 가슴팍은
아직도 지심도 동백처럼 검붉어 서럽다

구슬포구라서 옥포,
옥빛바다 쪽빛물결 뱃노래는
오대양 육대주를 늘 아우르고 싶어
울렁출렁 오늘도 자색 노을 물들인다

*강막지(姜莫只) : 임진왜란 때 소금을 구어서 수군에 바치는 일을 했다. 이순신 장군이 슬픔에 북받쳐서 울고 싶을 때, 부하들 보는데 울 수 없어 강막 지 염창에 가서 실컷 울었다고 한다.
*나대용(羅大用) : 이순신 장군을 도와 거북선을 만든 장군으로 옥포해전에서 노량해전에 이르는 모든 해전에 참전했던 장수이다. 이순신 장군께서도 지극히 아낀 장수이다.

시

조충호

배관과 10회 졸업

충남 논산 출생

《서정문학》 신인상 수상 등단

한국문인협회 정회원, 문학愛작가협회 정회원

시문학창작 동인, 문학愛 공로패 수상

철탑산업훈장 수상

현 삼풍하이테크 대표

나의 벽시계 외 4편

조충호

흐르는 세월 속에
멈춰버린 듯한
벽시계의 초침 소리가 둔탁하다

장밋빛 똑딱 사랑도
애달픈 좌고우면 흔들 미련도
다 내려놓으라고 시계추가 재촉한다

고달픈 삶도
한 많은 인생사도 빙글
물처럼 바람처럼 돌고 돌아서

지천명 내리막길
나만의 색, 너만의 끼 아끼며
산 그림자처럼 아롱지라고 토닥거린다

초록이 철들어
만산 형형색색 물들이듯
노을빛 무지개 바람맞는다

고향의 저물녘

해질녘
눈 내린 고향집 굴뚝에
하얀 연기 피어오르면
뒤뜰 대나무 울타리 참새들
어디론가 분주히 날아가는
소소한 풍경이 그리워진다

물안개 피어오르는
샛강, 황량한 빈 들에
겨울 철새들 날아들고
하루의 끝이 아쉬운 듯
기러기 떼 울음소리에
둠벙에 소금쟁이 둥근달을 그린다

바람이 땅거미 데려 오고
노을 삼킨 산그늘이 사립문 넘으면
시렁 사발처럼 입 벌린 팔남매
살강 옹기처럼 헛배 부르던 당신,
고향 하늘 붉은 저물녘은
홀어머니 젖은 손수건이었다

연민의 굴레

시린 눈물을 매달고
흐느끼던 고통스런 단절의 아픔
그 공허함을
어찌 헤아릴 수 있단 말인가

그대의 절반을 사모하다
그대 전부를 망각하기까지
또 얼마나 많은 시간을 견디어야 하는가

아프지 않은가 보다
슬프지 않은가 보다

기웃거리는
연민의 눈빛이 싫어서
더 단단하게 웃는다

꿈처럼
낯 설은 슬픔을 감추고
오늘도 파랑새는 노랗게 웃는다

눈꽃 사랑

살짝 드리워진 구름 사이로
하얀 눈꽃 흩날리는 산골짝,
유두봉 사이에 저녁이 내려앉는다

고즈넉한 마을 순백의 설경이
시린만큼 포근한 밤이라
너의 슴골이 나의 젖무덤이다

엇갈린 사연들이 뽀드득
아닌 척 돌아서 오던 솔밭 길에
기울어진 가지만큼 눈꽃 소복하다

엄동설한 찬바람 불던 밤
서로에게 불어준 휘파람만큼
설중 산수유는 유두화로 부푼다

봄이 그린 산수화

봄의 교향악이
따스한 햇살과 어우러져
파릇파릇 일렁이고 있다

흐드러지게 핀 홍매화
그 미소에 흠뻑 빠져들어
봄의 향연에 설레이는 하루다

황막한 도심에도 살랑살랑
봄바람 머금은 향기 그윽한
벚꽃들이 활짝 미소 짓는다

동토에 봄을 깨운 들꽃들
양지바른 낮은 곳에 피어
멍울 향기 물씬 품어주는

봄이 그린 수줍은 산수화다

시

최석균

기계과 13회 졸업
경남 합천 출생
현 창원 경일여고 국어교사
2004년 《시를 사랑하는 사람들》 등단
시집 『배롱나무 근처』 『수담手談』

별 –기태에게 외 4편

최석균

따뜻한 쪽에서 빛이 온다
저녁이 오고
너를 떠올리면 세상은
상상 이상의 온기로 넘친다
나는 네가, 어둠을 먹고 뱉은 빛줄기로
새벽하늘을 연다는 것을 안다
나는 네가, 까맣게 탄 가슴에서 짜낸 이슬방울로
아침의 땅을 선물한다는 것을 안다
가까이 또 멀리
고독한 눈동자에 등불을 달고
마른 가슴에 샘물을 떨구는 사람아
빛이 가닿은 자리
꽃이 핀다 꽃길을 따라 가면
은하수로 흐르는
너를 만난다

*기태 : 13기 배관과 윤기태

나무를 만진다

나무는 사람 손길 닿는 것을 좋아해서
사람 소리 들리는 쪽으로 푸릇푸릇 향기를 뿜는다

사람은 나무를 만지는 것을 좋아하고
사람은 나무를 만지면서 몸속에 푸른 물이 든다

사람 냄새 나는 나무와 나무 냄새 나는 사람이
서로 만지다 닮은 집에서 나는 자꾸
나를 만지는 나무 생각에 몸이 간지럽다

나무는 사람을 향해 온몸을 반짝이다가
사람 얼굴이 안 비치는 순간
급속으로 빛과 향기를 놓아버린다

나무집이 허물어지도록 돌아다니다가
푸른 물이 다 빠진 몸으로 돌아온 나는 자꾸
나무가 나를 만진다고 생각하고 눈치 없이 군다

뇌염

모르긴 해도
앵 하고 내빼기 전엔 눈치 챌 수 없는 생물이
따끔 하고 간질거리기 전엔 감이 안 잡히는 물질이
암암리에 점령해버린 영역에 당신은 있다

용케 뜨거운 가슴을 알고 파고드는
소리와 침의 은신처를 찾아 헤매는 밤
미물이려니 했다가
괴물로 돌변하는 것들에 대해 생각해 보는 밤

무명無明의 그물망을 찢고서 탈피하지 않은 생명은 모른다
깃털보다 가벼운 바람의 몸으로
당신 냄새를 탐한 뒤 단방에 물들여버리는
붉은 가려움의 실체

모르긴 해도
누가 먼저랄 것 없이
피를 봐야 끝이 나는 영역에 당신은 있다
몸보다 머릿속이 가려운 당신

자충수의 땅

밥을 먹다가 혀를 씹었다
장작을 패다가 발등을 찍었다

등지고는 못살 너를 마주하면서
눈먼 저녁이 왔다
꽃을 심듯 다가간 발자국이 대못을 밟고 돌아오는 밤
숨죽인 신음이 손끝을 타고 흘렀다

나 살자고 던진 돌들이 유성처럼 떨어졌다
뜨겁게 손을 내밀었으나
불이 붙어 날아온 말의 덩어리가
뼈 안에서 오는 그리움마저 무디게 만들었다

사랑을 하다가
죽고 못 사는 사랑을 하다가
애간장이 끊기는 줄을 몰랐다

*자충수 : 바둑에서, 자기 돌을 자기 집 안에 놓아 스스로 자기의 수를 줄여 자기의 돌이 죽게 만드는 일.

번개

마른 가슴
단칼에
천둥치고 물장구치면서 적신 뒤
문득 햇살
물살 거슬러 물고기가 돌아오고
오솔길 따라 산새와 나뭇잎이 돌아와
문득 바람
춤으로 노래로
반짝반짝 몸을 뒤집으며 놀아주더니
당신이 떠날 때 동시다발
장난처럼 가버린
결정적으로 아픈 한 순간

시

최창일

배관과 9회 졸업
강원도 영월 출생
곰솔문학회 감사
현 삼성생명보험(주) 근무

화엄계곡 외 4편

최창일

화엄계곡에 나를 놓고
흐르는 물소리에 귀를 세우니
어느새 산새가 내려앉아
반가운 노래를 한다

성긴 가지에 갇힌
쪽빛 하늘에 마음 주니
가지 뒤 숨었던 바람은
어느새 내려와 콧등을 희롱한다

움켜잡으려 손을 휘두르니
나를 놀리며
바람은 어느새
가지 뒤에 숨어 고개 내밀어
배시시 웃는다

산을 사랑한다는 것은

산을 사랑한다는 것은
산을 찾아
산 정상을 밟는 것이 아니라

산의 너른 가슴에 안겨
내가 산이 되고
산이 내가 되는 것

그런 의미인 것을

돌려줘야지

니 몸뚱아리 니꺼 아이다
하나님한테 임대한기다
니 몸 아이니 단디 쓰야 한다
라고 아버지 말씀하셨다

뜬금없이 이 말씀 떠오른다
살다 보니
여 뿌아지고
저 주저앉고
성한 곳 없어도 쓰고 있으니 중고품이다
누가 거들떠보지 않아도
하나님께 돌려 드려야 할 것이다

그래도 석삼년 열 번을 살았다고
살뜰히 챙겨 주는 손길에
억지춘양인양 떼쓰며 슬며시 받고
신품으로 비상하길
헛된 욕심내어 본다

낙화암落花岩

임 가신 곳
그 어디인들
두렵나이까

천 길 낭떠러지기도
천길 물속이라도

임 계시지 않은 세상
임 그리워 할 그 세월
한으로 가슴 채우지 못하니
임 향한 마음
오늘 임과 같이 가오니

님 가신 곳
그 곳이 내겐
복사꽃
복사꽃잎 살포시 내려 앉아
가슴 가득히 채우는 무릉도원이라
오늘 임과 같이 가나이다

그 학교

그 학교

누군가에게는 설렘의 희망
누군가에게는 현실타협의 절망

그 학교 입학

누군가는 희망의 애드벌룬 타고
장산 아래 내렸고
누군가는 절망의 돌덩이 지고
장산 아래 올랐다

그 학교에서

누군가는 기대에 찬 미래를
깎고 붙였겠고
누군가는 현실의 절망을
깎고 잘라냈다

그 학교에서

희망한 누군가도
절망한 누군가도
진솔한 삶을 배웠다

수필

배재록

기계과 10회 졸업
현대중공업 부장
울산공단문학회 회장, 현대중공업
소붓문학회장 역임
현대 백일장 3회, 울산공단 문학상 4회 당선
모교 기능탑백일장 산문부문 2회 장원

■ 수필

38년을 함께한 현대중공업을 떠나며

배 재 록

여보게, 나는 이제 정든 현중 엔진사업부를 떠나 더 넓은 세상으로 가려 하네. 세월의 모래밭에 발자국만 남기고 떠나려니 아린 마음이 거슬러 오르고, 가슴 뜨거운 기억이 끝내 여린 나의 눈물을 흘리게 하고 마네 그려. 미지의 세상에서 내게 어울리는 것을 찾기 위해 유리창을 맑게 닦아 보려 하네.

되돌아 올 수 없는 한 시절의 강을 건너 넓은 세상에서 또 다른 인생의 바람개비를 돌리기 위해 앞으로 달려가려 하네. 경사진 곳에서 자라는 수박이 아래로 굴러 떨어지지 않기 위해 더 싱싱하게 자라듯 내 남은 영혼을 불살라서 소중하고 괜찮은 제 2의 인생을 맞으려 하네. 어스름 같은 미래가 다가오더라도, 지나간 시간을 들여다보면서 내일을 질문해 보면서 희망을 무기로 무릎을 펴고 앞으로 달려가려 하네. 나의 미련함을 직시하며, 치우친 고집을 바로잡으며, 응답이 오가지 않는 벽을 부수고, 구석진 곳도 마다하지 않으며, 고난에 동요하지 않는 인생을 살고 싶네.

살면서 "첫"이 들어간 일이 많았는데, 첫 직장 현중은 내 인생 제 1막의 파노

라마였다네. 1978년 12월!

묵직하고 우렁찬 현대가가 울리고, 왕회장님의 철학으로 가득한 현중 엔진에 첫 출근한 이래 기계가공, 공작기계, 사업기획, 영업기획 업무를 수행하느라 젊음과 꿈과 희망을 아이콘으로 내 영혼을 발휘했네. 내가 미처 세상을 읽지 못하던 세월에는, 속울음 우는 밤과 거센 물살을 헤치고 오르는 연어의 시간들로 혼재된 희로애락이었다네.

때로는 걸인이 모자를 머리맡에 놓고 엎드려 구걸한 것처럼 위선의 아부도 해 보고, 약한 동물이 복종하며 참고 살 듯이, 코뿔소가 코끼리에게 밟히면 위험하다고 생각해 순종하듯이, 물고기가 물과 다투지 않고 흘러가듯이 그런 처세술로 살 때도 있었네. 어두운 시절에는 소나기는 피하고 바람 부는 방향으로 살아 온 셈이네.

변화와 개선 없이 사람이 하던 일만 길게 계속하면 부정적인 생각을 갖는다 했네. 우리는 소매를 걷어 올려서 용감히 싸운 결과 어두운 시절의 병폐를 타파하고 노동의 자유와 권익을 쟁취 했지만, 소매로 가린 노와 사의 손목은 미래를 도외시 한 채 현실에 만 안주해, 변화와 개혁을 저버리고 나태와 방관으로 위기에 처한 오늘의 현실을 잉태 했다고 생각하네. 배가 항구에 머물면 안전하지만 배의 존재이유는 출항해야 함을 잊은 셈이지. 현중 제복을 입고 있으면 그 자체가 꿈의 직장이고 누구도 함부로 하지 못 할 거라는 착각을 한 거네. 내부의 적을 쇄신하지 못하고 우리 모두는 부정적인 적으로부터 인정을 받아 어려움에 처한 셈이네. 불쑥 찾아오는 기회가 혁신하는 시기라는 것을 느끼지 못하고 지나친 것 같고, 쓸데없는 갈등에 시간을 뺏기고 강한 기업 체력을 마련하지 못한 것은 반성을 해야 하네. 일터는 일을 통해 서로 배우고 성장하는 공간이기에 모두가 열정으로 재무장하면 현재의 난국은 이겨 낼 수 있지. 지금 현중이 처한 어려운 상황은 현실적인 목표로는 위기를 극복 할 수 없다네.

혁신과 시스템 구축을 동시에 해야 하네. 쉽고 편안한 길이 가장 위험한 것은 누구나 덤벼 경쟁이 치열하기 때문이라네. 모두가 시련과 역경을 극복하며 단련을 해야 절망이 사라지네. 그래야만 풀무질로 소문을 내지 않아도 희망은 용케 찾아올 걸세. 무리지어 나는 철새의 풍경은 장관이지만 질서와 협동으로 분주하고 긴박한 몸짓을 하고 있는 새들의 노력을 잊지 마시게.

자네의 건강은 돈을 주고도 세상 어디에서도 빌릴 수 없으니 스스로가 챙겨야 하네. 재능을 숨기지 말고 모든 방법을 쓰는 장한 전문가 정신으로 살아가길 바라네. 동료가 고기를 가지고 있으면 채소를 준비하는 자세로 우애 있게 근무를 하시게. 웃음이 피어 풍요로움이 톡톡 터지는 삶을 살고, 영예로운 정년까지 마치고 나오게.

공채로 국립부산기계공고까지 온 회사버스를 타고, 약속의 땅에 내렸던 38년의 세월! 야학 등 부단한 자기계발과 재테크를 생활신조로 미래를 준비한 건 최고의 선물이네. 이제 보니 지나갔기에 더 자랑스럽게 감회가 오는 것은, 내가 현중을 너무 사랑했기 때문이 아닐까 여겨보네. 이제 현중 제복을 벗고 나면 자신감이 줄고, 빈틈이 없어 닫힌 마음이 올까 두렵네. 혹시나 자네의 기억과 생채기 속에서 누를 끼친 나를 발견 하더라도 혜량바라네. 이제 울산 신정동 다가구 주택에 터를 잡고 누군가에게 조력을 하며 살고 싶다네.

내 인생의 전설로 남을 역사를 두고 다시 시작하는 나의 제 2기 인생! 마지막 꽃망울을 피우지 못한 내 글을 완성하며 가다리며 살아 갈 걸세. 누가 아는가? 내가 글쟁이가 되어 자네에게 「현중인으로 살아보니」를 읽게 할지도 몰라. 함께해 참으로 감사했네. 잘 있게~ 그리고 참하게 사시게~

동문회에 대한 소고

2017년 3월 18일 문경새재에서 열린 국립부산기계공고 10회 동기 산행대회에 참가를 했다.

동문회 행사 때마다 보는 익숙한 동기생들의 얼굴이 많이 보이고 졸업 후 처음으로 만난 동기생들도 여러 명 눈에 띈다. 연륜의 나이테만큼 세월이 흘러 어렴풋이 기억나는 얼굴, 동기생이란 친근함이 마주 잡은 손으로 전해져 와 반가움을 일게 했다.

긴 세월에 함몰되어 있다 반갑게 다가오는 동기생의 이름과 얼굴이 기억의 갈피로 일어서기 시작하자 학창의 역사가 불연속으로 생각나 동심의 시간을 잉태했다.

경이로운 소리가 들린 곳이자 새로 낸 고갯길이란 뜻을 지닌 문경새재 흙길에는 역사 마치 드라마를 촬영 하듯 국립부산기계공고 10회 동기들의 학창시절이 녹화된 필름처럼 연출되고 있었다. 기억의 끈을 이어주는 짙은 사투리가 오늘은 유달리 크게 들린다.

새재는 온통 흙이 몸을 푸는 소리로 가득하고 뭉텅이 봄바람까지 불어와

생기를 불러 넣어 주자 기쁨에 겨워 길섶 쉼터에는 막걸리 마시는 소리, 웃음소리가 학창시절의 녹음기 소리처럼 계곡을 진동했다.

바람에 일렁이는 마른 풀잎이 흥을 보듬고 기억 속에 간직한 친구들의 끝없는 이야기가 긴 길을 따라 끝없이 이어진다. 언어표현의 한계를 사진으로 남기고 싶어 학창의 동지와 함께하며 부지런히 셔터를 누른다.

그 옛적 과거시험 보러 한양을 오가던 청운의 선비가 되어 학창의 추억을 싣고 금의환향하듯 과거 길을 걸어 본다. 잊고 있던 삶의 이야기가 진하게 이어지고 우정의 의미를 한꺼번에 다 소화시키기지 못하고 안타까운 시간이 흐른다.

새재 근방의 식당에서 음식을 함께 나누며 세상 어디선가에서 살아온 우리들의 삶의 이야기에 더러는 공감을 하듯 연신 고개를 끄떡이며 맞장구를 치며 익어가는 우정의 의미를 깊이 새겼다. 흥에 겨워 노래방이 시작되었다.

학창시절 애창으로 함께 불렀던 곡조들이 추억을 지펴 올린다.

익살과 유쾌함으로 그 시절 모습 그대로를 표출하는 몇몇 동기생들에게서 진한 학창의 그리움을 삼켜 본다. 그때 추었던 막춤이 스스럼없이 연기되고 어깨를 잡은 친구들은 식당을 돌기 시작했다. 점잖아진 몸, 크게 움직이지 못하는 육신이 되었지만 아직은 정이 가득한 동기들은 저마다 일어나 저마다 흘러 보낸 세월만큼 변해 버렸어도 오늘은 희열을 했다.

그렇게 행사는 끝이 났고 다시 일상으로 돌아가기 위해 비록 아쉽지만 일어서야 했다. 이별의 아름다운 장면이 이어진다. 가볍게 떠날 수 있음은 가까이 있고 언제고 연락이 가능한 친구가 있기 때문임을 그들은 기억 할 것이다.

각자 타고 온 버스를 타고 집으로 향해 떠나자 국립부산기계공고 10회 동기

들의 행사도 막을 내렸다. 오늘 만나 잊고 있던 우정을 다시 새긴 친구가 있어 삶을 신나게 할 것이다. 우정의 위력이 그렇게 소중하고 존귀한 것임을 동기생들의 표정인 비언어에서 발견했다. 마치 고공을 드리운 무성한 댓잎사이로 파란 하늘이 보이고 대나무의 매끈한 표면에 햇살이 반사되는 빛의 조화를 본 듯한 여운이 남는 하루가 지나갔다. 신은 혼자 있을 때는 결코 행복을 주지 않고 친구가 있어야 행복을 누릴 수 있도록 했다. 오늘 하루 우리는 신이 내린 행복을 동기생들과 함께 나누고 만끽하고 돌아 간 것이다. 인생 후반기의 행복을 누리는 동기생들과의 모임은 평생 함께 하리라 믿는다.

이번 10회 동기회 산행대회 행사도 최동욱 동기회장을 비롯한 임원들의 각고한 노력이 주효했지만 기대만큼 많은 동기생들이 행사에 참여를 못해 아쉬웠다.

매년 10회 전국동기회 행사는 산행대회, 골프대회, 정기총회를 개최하고 있지만 졸업생 862명 중 행사 참가율은 빈곤한 현실이다.

총동창회 역시 전체 동문회원은 2016년 47회 졸업생 까지 총 28,713명에 이르고 매년 기능탑제전, 동문등산대회, 동문골프대회를 개최하고 있지만 참가율은 저조한 편이다.

울산지역에 살고 있는 700여 동문들의 동문회행사 참여율이 낮은 것은 충실한 직장생활 영위로 인한 참여기회 회피가 많았고 여러 개의 동문모임에 가입되어 있어 선별 참여가 불가피하며 동문 개인의 동문사랑 결핍과 자발적 참여의식 부족이라고 규정하고 싶다. 또 단위 동문회가 많다 보니 전체 동문회 행사는 관심이 떨어지는 것은 현실이다.

그러나 지난해 연말 300여 동문가족들이 함께하는 송년모임을 계기로 올해부터는 회장단을 8회로 올리고 동창회관을 마련했으며 350여 명의

지역동문들이 벤드에 가입하는 변모를 하고 있어 총동창회 행사 외에 기수별 친선 소프트볼대회, 가족 운동회, 등산대회, 송년모임에 참가율이 높아질것으로 예상이 된다.

작년부터 시작된 조선선업 구조조정 여파로 현대라는 꿈의 직장을 떠난 동문들이 총동문회에 둥지를 마련하고 있으며 동문회 참가율 증가에 기대를 걸고 있다. 자영업이란 홀로서기를 택한 동문들이 많아 서로에게 필요한 동문회가 기대 되어 그렇다. 동문들에게 필요해서 중요시 되는 동문회가 되기 위한 동문회 행사를 기획해야 할 것이다.

동문회의 사전적 의미는 "같은 학교를 다니거나 같은 스승에게서 공부한 사람. 또는 그런 관계"라 정의가 되어 있다. 그러고 보니 나는 학연으로 이어 온 동문회에 유독 많이 가입되어 있는 편이다. 고등학교 동문회는 크게 전국총동창회와 울산지역동창회를 비롯해 현대중공업 엔진동문회와 엔진동기회, 전국 동기회, 곰솔문학회가 있고 재울동문 및 동기 골프회, 재울동문 및 동기 산악회 등 10개에 참여하고 있으며 동문회 임원까지 가미하면 숫자는 더 늘어난다. 호적은 버릴 수 있어도 학적은 버릴 수 없다는 말이 있듯이 초등학교에서 대학교까지 학령기 마다 열리는 수많은 동문회에 가입되어 있으나 참석을 다 못하고 있는 실정이다.

또 동문회 임원도 재울동문회 문화부장 12년, 사무국장 8년, 회장 4년을 큰 과오 없이 역임했음은 물론 20여년을 이어오고 있는 울산지역 10회 동기회장을 맡고 있다. 동문회 회보도 만들고 회지도 출판한 것이 계기가 회장까지 역임하는 결과로 귀결되었으며 동문회 임원은 리더십 함양과 많은 동문과의 관계에서 얻게 되는 인맥은 삶에 큰 힘이 되고 있어 쉽게 요청을 회피하지 못하고 여러 해에 걸쳐 수행을 했던 것 같다. 다양한 선후배들과 만나고 교류하는

과정에서 소중한 인맥을 구축한 것이 큰 수확이었다.

"햇빛이 비치는 동안에 건초를 만들라"는 새르반테스의 말처럼 동문회에 대한 많은 관심과 적극 참여에서 얻은 인맥을 무기로 하여 차분히 인생을 준비하는 지혜를 얻었다.

특히 내가 직장생활을 하면서 직장동문들과 어울리고 소통하고 정보를 공유하며 서로 도움을 도모한 것은 학연의 중요성을 크게 강조해도 좋다고 여긴다. 모교 동문들이 부서마다 근무를 하고 있어서 업무수행에 상부상조를 도모했으며 관록이 있고 특유의 선후배관을 바탕으로 보람 찬 회사생활 영위에 큰 도움을 받았다. 조직 내에 보이지 않는 단결과 학연의 힘이 작용하고 있어 그 누구도 우리 동문들을 함부로 하지 못했으며 부러움과 경계의 눈초리를 함께 받았다. 자체 동문회 행사시는 업무상 직접 연관이 있고 인화가 필요해 참가율이 양호했다. 흔히들 "스스로 변화를 하겠다는 사람은 드물다"는 격언처럼 동문회가 동문들로 하여금 스스로 행사에 참여 할 동기를 어떻게 부여할 것인가 하는 과제를 해결해야 한다. 우리 동문들은 개인적으로는 모교 출신임에 큰 자부심을 가지고 있는 장점을 지니고 있다.

"할 수 있다고 말하면 결국 실천하게 된다."는 사이먼쿠퍼의 말처럼 동문 개인으로 하여금 참여 할 수 있도록 해야 하는 실천이 시급하다고 생각 한다.

우리는 상사화(꽃무릇)처럼 꽃이 피었을 때는 잎이 없고 꽃이 지고나면 잎이나 결국 만날 수 없는 운명도 아니며 자신의 편안함과 은둔을 위해 사각의 방구석에 숨는 동문들로 하여금 자발적인 참가를 유인해야 한다. 동문 스스로가 참여를 못하는 이유 중에서 권위와 신뢰와 자존심에 상처를 입는다고 생각하고 있는 동문들을 관리 할 때가 도래했다.

팔만대장경에서는 치우친 고집은 영원한 병이라고 했는데 만약에

동문들에게 치우친 고집이 있다면 해소를 하는 동문회가 필요 하다. 앞으로 손님처럼 불쑥 열리는 동문회 행사가 많다. 가슴 뜨거운 곳으로 기우는 학창 시절의 추억을 마음의 수로를 따라 거슬러 올라가 동문회에 참가하는 노력이 필요하다. 지난시절의 열정을 떠올리며 다시 동문회 사랑의 열정으로 모두가 일어섰으면 좋겠다.

수필

정은영

기계과 9회 졸업
행정학 박사
1981년 현대자동차문학회(현문회) 창립
2007년 월간 《문학공간》 수필 당선
2014년 ~ 2015년 울산수필가협회 회장 역임
2015년 ~ 현 울산문인협회 부회장
현 울산예총 사무처장
경상일보사, 경남신문사 기자 역임
저서 『부치지 못한 편지』(2007)
『정은영의 다방열전』(2015) 『액션스피치』(2016) 외
동인지 다수

■ 수필

현실의 난간에 기대서서

정 은 영

어느 해보다 길었던 병신(丙申)년 한해가 저물어간다. 11월 달력을 찢어 내면서 소금에 절인 배추마냥 생각들이 물밑으로 가라앉는다. 정치도 경제도 어수선한 연말이다. 여전히 광화문에는 촛불집회가 열기를 더해가고 있다. 한해가 저물어가는 길목에서 큰 희망을 기대하지는 않지만 오늘이 내일 같고, 내일이 모레 같은 무탈한 날들이 정유(丁酉)년에도 이어지길 소망할 뿐이다.

그러나 나의 바람을 비웃기라도 하듯 주변은 혼란스럽다. 그중 하나가 친구들 퇴직소식이다. 지금은 경제가 IMF때보다 어렵다. 누구는 건국 이래 최악이라고 걱정이다. 어쨌거나 병신년 끝자락에서 많은 친구들이 직장을 떠나고 있다는 것은 슬픈 일이다. 막상 부닥친 현실이 녹녹하지 않기에 우선 걱정부터 해보지만 방법은 전무하다.

그들은 자식들 뒷바라지와 부모님 공양하다 스스로를 위한 노후준비를 놓쳐버린 베이비부머 세대다. 이제 그들은 「직장을 내 집처럼, 사원을 가족처럼」이라는 캐치프레이즈를 뒤로하고 서서히 인생 2막의 휘장 속으로 낮게

더 낮은 자세로 몸을 감추는 대열에 섰다.

퇴직은 인생의 공허함을 한꺼번에 안기는, 가혹한 형벌이다. 수년전 선배들이 정년을 넘기고도 촉탁으로 근무하던 때가 내 친구들에게는 봄날 아련한 개꿈 추억이 돼 버렸다.

퇴직한 친구들은 끼리끼리 모여서 제2의 인생을 준비하고 있다. 그들이 준비한다는 제2의 인생은 어떤 것들일까. 가수 송대관의 노래처럼 「쨍하고 해 뜰 날」을 기대하는 것일까. 어제는 오랜만에 명예 퇴직한 친구가 찾아왔다. 골프채 구입하는데 따라 가자고 했다. 골프가 무지 하고 싶었던가 보다.

또 한 친구가 장사를 해야 하겠다며 찾아왔다. 우선 가게부터 얻기 위해 지역 상가를 돌아보고 있다며 봐놓은 몇 곳을 가보자고 했다. 딱하기도 하고 난감해서 얼른 그 자리를 피하고만 싶었다. 무슨 말을 하기가 곤란해서 업종부터 선택하고 난 후, 조금 늦게 시작하라고 했더니 목이 좋으면 무슨 장사를 해도 잘 된다고 하는 데야 어안이 벙벙해져서 웃을 수도, 울 수도 없었다.

그들이 준비하고 있는 제2의 인생 설계는 거의가 허망하다. 나처럼 초라한 훈수꾼이 보기에도 기초부터 부실하다. 사상누각(砂上樓閣)을 짓기 이전에 설계를 다시 해야 한다. 구멍가게라도 시작했다가 접으면 남은 인생동안 벌 수 없는 목돈이 날아간다는 냉엄한 현실을 모르고 있다. 사업이 소나기 오는 날 폈다가 접는 우산처럼 쉬운 것으로 생각하고 있는 것은 아닐까 하는 걱정이 태산이다.

내가 12년 전 직장을 떠날 당시를 떠올렸다. 그때가 중년 치고는 파릇한 마흔여덟 살이었다. 지금과 비교할 수 없는 청춘시절, 머리숱도 보기 좋을 만하게 희끗희끗했다. 모든 조건이 누구보다 우월하다고 생각했다. 자신감에

가득 차 있던 때에 직장을 그만두었기 때문에 사표를 내고나면 오라고 하는 데가 이어질 줄 알았다.

그러나 예상은 보기 좋게 빗나갔다. 하루가 지나고 일주일, 한 달이 지나도 어디서 연락 오는 곳은 없었다. 가만히 있기도 뭐해서 직장을 그만두었다고 아는 사람들에게 소문을 냈다. 며칠 지나지 않아서 알만 한 사람들은 다 알게 됐다. 그때부터 사람들이 슬슬 피하는 것 같았다. 점심을 같이 하자고 해도 바쁘다며 손사래를 쳤다. 3개월이 지나면서 나의 존재가치가 보잘 것 없음을 저리게 깨닫게 됐다.

골프장연습장에 나가기 시작했다. 골프연습장에서 퇴직한 백수그룹이 만들어졌다. 한동안 백수들끼리 동병상련(同病相憐)의 정(情)으로 어울려 지냈다.

어느 날, 그중 몇몇이 골프채를 놓았다. 백수들이 골프와 이별하는 이유는 벌이가 없는데 씀씀이만 헤퍼지는 현실적 어려움 때문이다. 골프장에서도 주머니 사정이 부실한 만년 백수들은 점심때가 참으로 난감하다. 한 끼를 해결해야 하는 것이 이들에게는 섹스피어의 비극 햄릿의 명대사인 「사느냐 죽느냐」보다 더 심각한 문제였다.

퇴직하는 친구들에게 화두처럼 던지고 싶은 말이 있다. 「급할 것 없다. 백세를 사는 시대다. 천천히 시작해도 된다. 정년퇴직 했다면 쉴 수 있는 권리도 있다」고 말이다. 지금부터는 가정에서 삼식이가 되는 것을 부담스러워 하지 말아야 한다. 조급해하지 말고 생활 자세부터 느긋해져야 한다.

근래 아코디언을 배우는 할아버지들의 연주회에 갔더니 평균 연세가 일흔다섯이라고 했다. 심지어 여든을 넘긴 할아버지도 있었다. 다음차례 연주를 앞둔 여든 살 할아버지가 복도에서 연습하고 있다가 나를 보자 멋쩍었는지 "아코디언 이거 1,300만원 주고 샀다"고 자랑했다. 열심히 연습해

서 좋은 연주를 하겠다는 것이 할아버지의 꿈이다. 참으로 소박하고 아름다운 할아버지의 꿈이 이뤄지기를 마음으로 빌었다.

누구라도 그러하듯이 제2의 인생에 대한 꿈은 부풀리기보다는 소박했으면 한다. 그렇게 살아야 건강해지고 황혼이 여유로워진다. 인생의 아름다운 노을을 기대하려면…….

수필

정정환

배관과 10회 졸업
경남 합천 출생
현 한국브로치㈜ 대표이사
자서전 『황매산이 키운 브로치 꽃』(2016)

부상을 바라보며 우뚝 솟은 곳

정 정 환

나는 칠불출이다. 마누라 자식자랑을 팔불출이라고 하던데, 그보다 내가 다닌 고등학교를 더 자랑하고 다니니 말이다. 그렇게 칠불출로 살아서인지 지금까지 살아오면서 가장 나에게 도움을 주고 기쁨을 인연도 동문과 동기들 같다.

중학교 언저리 고등학교 입시철이 되자 담임선생님은 인문계고등학교에 가길 권했다. 경남에서 제일이었던 마산고등학교나 진주고등학교에 보내야 내 꿈도 펼치고 학교에 위신도 세울 수 있다며…. 그러나 나는 실업계 고등학교를 택할 수밖에 없었다. 그것도 학비가 없는 학교를 선택해야 했는데 그 당시 박정희 대통령의 중화학공업 육성책에 따라 공업고등학교가 인기였다. 전 학년 장학생으로 우수한 학생들을 뽑는 학교가 구미에 금오공고, 부산에 우리학교 그리고 이리에 전북기계공고가 있었는데 세 학교 모두 국립이었다. 나는 부산 해운대에 있는 국립부산기계공업고등학교에 입학원서를 내고 시험을 보았는데 중학교 성적이 전교 석차 5% 이내라서 우리 중학교 친구들

다섯 명이 응시 했지만 둘만 합격했을 정도로 경쟁률도 높았다.

합천 대병 촌놈에게 부산은 미지와 동경의 세계였다. 특히, 해운대 해수욕장 백사장이 한눈에 들어오는 부산기계공고 캠퍼스는 어지간한 대학교의 캠퍼스보다도 넓었고 우뚝 솟은 웅장한 철탑과 조경도 아름답게 잘 가꾸어져 긍지감을 갖기에 충분했으며 전국 팔도에서 모인 신입생 900명을 압도했다. 부산에 사는 친구들 외에는 대부분 기숙사 생활을 하였고 가정 형편이나 이 학교에 오게 된 사연들도 비슷해 빨리 정이 들었고 형제처럼 지낼 수 있었다.

말이 기숙사 생활이지 군대생활과 비슷하였다. 아침 6시에 기상을 해서 점호를 마치고 힘차게 군가를 부르며 운동장과 캠퍼스를 구보하는 것으로 하루를 시작하였다. 식당에서 먹는 밥도 군대 짠 밥과 다를 바 없었다. 1학년 1학기 때부터 교과목은 "조국 근대화의 기수"를 육성하기 위한 과정이었다. 이론과 실습을 매일 번갈아 배웠다. 기초실습을 배우는 실습장 이름이 '아베베'였는데 쇠줄로 쇠를 깎는 실습이었다. 기계조립 실습인데 여린 손으로 쇠를 깎다보면 줄 자루가 닫는 손바닥과 손가락에 여러 번 물집이 생겨 터지고 굳은살이 박혔다.

고단한 실습을 이겨내려면 강한 정신력이 필요했다. 그래서 선생님들은 밤 10시 실습이 끝나면 온갖 구실을 부쳐 실습장 옥상으로 우리를 불러내 얼차려를 주곤 했다. 선착순에 좌로 굴러 우로 굴러 원산폭격까지……. 그렇게 기진맥진하면 마지막 순서가 고향에 계신 부모님을 향한 묵념이었다. "고향 앞으로"를 외치면 전국팔도에서 모인 학생들은 사방팔방 고향을 향해 서서 고개를 숙이고 "고향생각", "부모님 은혜" 이런 노래를 울먹이며 불렀던 기억을 떠올리면 지금도 목이 메어 온다.

단체생활을 하며 기숙사 식당 잔밥으로 돼지를 키우는 일, 매점을 운영하는 일, 도서관을 돌보는 일도 학생들 몫이었는데 나는 학생매점과 학생은행에서 밤늦도록 아르바이트를 했다. 그렇게 번 돈으로 기숙사비도 내고 실습공구도 사고 용돈도 썼다. 부모님께서 보내주셨던 향토장학금 부담을 줄여 드리려는 마음이었는데 매점에서는 그때 한참 인기 있었던 뽀빠이와 자야, 그리고 맛있는 도넛 빵을 실컷 먹을 수 있어 좋았다. 그때 친구들과 주로 많이 했던 내기 파티가 호떡파티였다. 학교 후문 앞 포장마차에서 아주머니가 구워 팔았던 그 호떡 맛을 언제나 다시 맛볼 수 있으려나? 지금도 그때 생각을 하면 입안에 군침이 돈다. 학생은행에서의 아르바이트는 전교생 2,700명의 통장을 대신관리해 주는 일인데 고향의 부모님이 보내준 돈과 전신환을 현금으로 입출금 해주는 일이었는데 돈 의 소중함과 자금을 관리하는 개념을 깨우쳐 준 좋은 경험이었다.

제주도는 물론 울릉도와 백령도까지 전국에서 모인 친구들이라서 말씨도 다르고 고향에서 보내주던 간식거리도 각각이었다. 점호를 마치고 소등 취침 시간이 지나도 우리들은 고향의 이야기로 밤이 깊어 가는 줄 몰랐다. 중학교 앨범을 서로 보여주며 어느 여학생이 예뻤고 또 어떤 여학생을 소개해 줄 거라며 서로 연애편지를 써 주기도 했다. 가끔은 그렇게 알게 된 여학생들이 학교까지 찾아오기도 했는데 캠퍼스에 반한 건지 우리 친구들이 똑똑해서 그랬는지 인기가 좋았다. 때로는 고향 자랑을 하다가 친구들 끼리 다투는 일도 가끔 있었다. 그런데 충청도에서 온 친구들과 경상도 친구들이 싸우면 싸움이 되질 않았다. “워찌 그류! 말로 허면 되는디 때리고 그런댜!” 이렇게 말하면 화를 내다가도 픽 웃고 말았다.

기숙사 생활이라 재미있는 에피소드도 많았다. 사감 선생님 중에 형사

콜롬보라는 별명을 가진 선생님은 담배 피우는 친구들을 색출하려고 기숙사 사물함 뒤편에 몰래 숨어 우리들의 일거수일투족을 감시하기도 하였고, 무서웠던 교련 선생님은 기숙사 바로 옆 사택에 살면서 무단 외출하거나 일탈 행동하는 친구들 엉덩이를 가만두질 않았다. PVC파이프 '빳다'는 정말 매서웠다. 그 사감 선생님 따님이 우리와 같은 학년이었는데 교련 선생님에게 혼난 친구들은 선생님 따님인 여학생을 놀리는 것으로 분풀이를 하기도 했다.

1학년 2학기가 시작되자 1학기 실습을 바탕으로 과편성이 있었다. 성격이 내성적이고 섬세한 친구들은 10개 반이나 되었던 기계과를 택하거나 1개 반이었던 전기과를 갔는데, 나는 4개 반이었던 배관과를 택했다. 배관, 판금, 용접 기술을 배우는 과였다. 기계과나 전기과보다 일이 거칠고 험해 한 주먹 하는 왈가닥 친구들이 모여 사고도 잘 쳤고 운동경기는 물론 학교도 장악하는 과였다. 전국 고등학교 IQ테스트에서 일등을 할 만큼 똑똑하고 공부도 잘했다. 2학년 때 기능사 자격증을 여러 개씩 따서 대부분의 학생들이 상공부 FIC 장학금과 5.16장학금을 받았다. 그렇게 우리는 조국근대화의 밀알들이 되기 위해 부상을 바라보는 장산마루의 곰솔들로 무럭무럭 푸르렀다.

조국근대화의 기수들

국립 부산기계공업고등학교에 다닐 때 우리들의 교복은 두 종류였다. 한 벌은 일반 고등학생들이 입었던 교복이 있었고 또 한 벌은 실습복이었다. 그때 기름때에 찌들었던 실습복 오른쪽 어깨에 붙은 휘장에 새겨진 글이 "조국 근대화의 기수"였다. 그리고 우리들은 학교에서 배운 기술로 전국의 산업현장에 뛰어들어 각자 조국 근대화의 기수 역할을 충분히 해냈다고 자부한다.

박정희 대통령에 대한 평가가 다양하지만 새마을 운동을 펼치고 중화학공업을 육성해서 국민들에게 하면 된다는 자신감과 가난을 극복하게 한 열정은 역대 어느 대통령보다도 높았다. 내가 고등학교에 다닐 때에도 1년에 두 번씩 우리 학교를 방문해 기숙사와 식당을 직접 둘러보며 우리들을 격려해 주셨고, 그렇게 교육시킨 우수한 인재들을 산업현장에 투입해 기술보국을 완수한 것이다. 내가 3학년 때, 우리 학교에서 국제 기능올림픽이 열렸다. 그때 우리 학교 출신들과 전국 기계공고 출신들이 금메달을 휩쓸었다. 그렇게 갈고 닦은 기술이 국제 기능올림픽을 제패하는 나라, IT강국, 반도체와 조선, 기계공업의 최강국으로 이끈 원동력이 되었다. 지금도 국가지수 중에 대한

민국이 항상 일등인 분야는 기능올림픽인데, 우리들의 땀과 눈물, 그리고 청춘이 그 뿌리였다고 자부한다.

고등학교 2학년 때 있었던 일이다. 부산시청에서 청소전용 리어카가 필요해 우리학교에 주문을 하였고 배관과에서 수백 대를 제작해 부산 시내를 일렬 종대로 끌고 가서 납품했던 기억이 난다. 그렇지만 우리들은 학교에서 기술만 배운 것이 아니었다. 쇠를 깎으며 무쇠를 녹여 붙이고 담금질하며 스스로를 단련하고 세상을 살아가는 열정과 지혜를 배운 것이다. 기계공고를 졸업한 공돌이들이지만, 산업현장에서 땀 흘려 일하면서도 주경야독으로 어렵게 공부를 하여 박사학위를 받아 교수로 활동하는 친구들이 수두룩하고, 중소기업체를 운영하는 친구들은 헤아릴 수 없을 정도로 많다. 그리고 희한하게도 문학하는 친구들도 인문계고등학교 보다도 많다.

내가 2014년도와 2015년도에 10회 졸업생 동기회장을 맡았었는데, 우리 동기들 중에 문학박사도 3명이나 된다. 공광규 시인, 권대근 수필가 등 문인으로 등단해서 활동하는 친구도 열 명이 넘는다. 그래서 문학하는 동기들 열 명이 모여 『해운대』라는 동창문집도 발간했다. 어찌 보면 공업고등학교에서 기술만 가르친 것이 아니라, 악대부, RCY봉사활동, 도서반, 문예활동 등 학생들의 다양한 소질과 특기를 개발하고 다듬도록 이끌었기에 가능했고, 멀리 고향을 떠나와 생활하면서 부모형제를 그리워하며 친구들과 주고받았던 서정과 정감들이 문인으로 활동하게 했던 것도 같다. 지금 모교의 이중순 교장도 함께 공부했던 동기인데 교육목표도 "가슴 따뜻한 기술인 양성"을 내세우고 있다.

지금 내가 수많은 역경을 극복하고 세운 (주)한국브로치 기업의 밑거름도

모교에서 배운 불굴의 도전과 창조정신이 그 바탕이 되었고 모교에서 함께 공부한 친구들의 격려와 성원이 그 뿌리가 되었다. 그런 측면에서 볼 때 지금 한국의 교육은 오히려 우리들이 배울 때보다 더 후퇴한지도 모른다. 선진국의 유명한 사립학교를 본받기보다 슬럼가 학교 수준을 답습하는 하향평준 교육으로 부작용이 우려된다. 모두가 귀한 자식이고 온실화초처럼 연약하여 실업계 고등학교에 진학해 기술을 배우게 하기 보다는 타고난 능력과 직능 직업 수요는 무시한 채, 무조건 대학을 보내 편한 화이트 컬러로 키우려고 하니 취업대란과 산업현장의 구인란은 당연한 것이다.

세상에 열에 아홉은 몸을 움직이는 일을 하며 살아야 하고 열에 하나만 머리를 쓰는 일로 먹고 살아야 하는데, 그와 정반대로 우리나라 부모와 교육기관이 움직이니 큰일이 아닐 수 없다. 지금이라도 고등학교의 70%는 독일처럼 자동차고등학교, 시계고등학교, 미용고등학교라는 직종별 직업학교로 이름을 바꾸고 그렇게 기술과 기능을 배운 젊은이들이 인정받고 존중받으며 살아가는 세상을 만들어야 진정한 선진국이 될 수 있다고 본다.

나는 지금까지 국립부산기계공업고등학교에 다닌 것을 긍지로 삼고 있다. 그 이유는 학교 졸업생들이 잘 나서도 아니고 유명인을 많이 배출해서도 아니며 동문회 장학금을 많이 조성해서도 아니다. 아까운 인재들을 공돌이로 만들었다는 비난이 없지 않지만 그 시대가 필요했던 인재를 교육 시켜 적재적소에 배치해 그들이 능력 발휘가 세상을 변화 발전시키고 그들이 몸담은 분야마다 자아실현을 완성해 가도록 북돋아 주었기 때문이다.

인생의 짧은 한 토막을 자랑하며 사는 것도 복이거늘 그 짧은 3년의 고등학교 학창시절이 선사해 준 인연을 지금도 누리고 사는 나는 축복받은

행복한 사람임에 틀림없다. 그리고 그 축복은 거저 받은 것이 아니라 쇠를 깎고 다듬으며 담금질했던 장산마루 모교의 가르침이었다는 생각을 하면 경건해지기도 한다.

콩트

이일권

기계과 12회 졸업
강원도 영월 출생
공학박사
도로교통공단의 월간지 <신호등>에
매월 스마트 자동차정비 칼럼 기고
현 대림대학교 자동차공학과 교수

■ 콩트

해운대평야 벼 베기

이 일 권

가을바람은 우리들 마음을 헤집고 들어와 유혹하고 가을벌레는 사랑을 생각나게 하는 세상이 너무 아름다운 가을의 어느날이었다. 우리들은 기숙사에서 하릴없이 뒹굴거리고 있었다. 대학에 가기 위해 공부를 하고 있는 진학반 친구들은 예비고사 준비에 정신이 없지만 진학반이 아닌 우리 건달들은 그저 학교도서관에서 책도 읽고 해운대 백사장과 동백섬, 태종대, 용두산 공원, 성지공원, 범어사 등에서 추억을 남기기 위해 열심히 추억을 담으려 여기저기 다니며 사진을 찍고 있었다. 토요일이면 해운대 롤러 스케이트장에서 ABBA의 "Dancing Queen" 등 신나는 팝송을 들으며 지기태, 이일수, 박인권, 권소라, 최규호, 송인모 등과 롤러스케이트를 타곤 하였다. 기숙사 방에서 시간을 보내던 중 기숙사 짠 밥에 질린 우리들은 학교에서 계획한 대민봉사 활동인 농촌돕기 활동을 가게 되었다. 학교 스쿨버스를 타고 벼 베기 전투봉사를 가게 된 것이었다.

인솔선생님께서 일장 훈시를 하신다.

"제군들은 조국 근대화의 기수다. 학교를 떠나 외출하게 되면 열과 행을 잘

맞춰 보행해야 한다. 대국민 봉사활동을 나가게 되면 내 집의 일로 생각하고 미친 듯이 일해야 한다."

항상 궁금한 것이 많은 질문돌이 전남벌교 송영석이가 주저 없이 나선다.

"선생님, 봉사 가는 곳이 어딥니까?"

"자네는 항상 왜 그렇게 궁금한 게 많은가?"

"네, 저는 별명이 질문돌이입니다."

"가보면 알 것이다."

버스는 정문을 나서 해운대역을 지나 앞으로 몇 km를 달려갔다. 그 곳은 해운대구 좌동에 있는 해운대평야였다. 그곳은 드넓은 논이 펼쳐져 있었다. 해운대 도심과 너무나 비교될 정도로 시골의 모습은 우리들 고향의 모습 그 자체였다.

가끔 고향이 그리워 기숙사 옥상에 올라 북동 방향으로 고개를 돌려 바라보면 송정해수욕장 가는 방향으로 군부대가 보이고 드넓은 평야가 있었던 것이다. 꼭 한 번 가보고 싶은 곳이었지만 바라보고만 있을 뿐 가지는 못하고 드디어 봉사라는 좋은 일로 가게 된 것이었다. 지금은 신도시가 들어선 부산최고의 도시가 되어 아파트 단지가 되었지만 1980년초 당시 우리들에게는 해운대 해수욕장과 함께 우리들의 가슴을 따뜻하게 해 주는 또 다른 그리움이었다. 우리들은 사식을 먹을 수 있다는 기대와 고향에 대한 향수를 대신할 수 있는 정서를 느낄 수 있다는 기대를 허리춤에 바구니 가득 기대를 안고 간 것이었다.

그러나 우리들 허리에는 대민봉사용 낫이 하나씩 지급되었다.

인솔선생님이 노파심에서 다시 한 번 당부한다.

"제군들, 오늘 해운대 평야의 벼를 모두 베야한다. 다치는 사람 하나 없이 임무를 완수 하도록 한다. 그럼 전투모드로 실시!"

말술을 마셔도 취한 적이 없다는 지기태 놈이 도전적인 질문을 한다.

"선 선생님, 오늘 벼를 다 베면 막걸리 한 잔 주 줍니까?"

"막 막걸리. 으음. 그래. 다 베면 오늘은 막걸리 준다. 단, 한 잔만 마셔라."

"선생님, 멋쟁이."

드디어 서른 명 정도 되는 전국에서 모인 우리들 가운에 송영석이 놈이 팔도사나이를 선창한다. 우리들 모두는 팔도사나이를 부르며 벼베기 전투모드에 따라 벼를 베기 시작한다. 피끓는 젊은이들은 욕정에 굶주린 늑대마냥 낫을 들고 조선 최고의 무사가 되어 단숨에 해운대 평야의 논 세마지기 900평 정도를 황폐화시켰다. 전남 무안 촌놈 최병식이가 한마디 한다.

"워메, 씨벌. 힘들어 죽겄네. 나가 이래뵈도 시골에서 낫질 쪼깐 한다고 했는데 안하다 해서 그런가 힘들구만이라."

충청도 아산 촌놈 지기태가 대답한다. 기태는 중학교때 충청도대표 수영선수였다. 논에서 엎어져 수영하는 자세를 보이며 턱 살을 실룩거리며 말한다.

"에이, 지기미. 나는 해운대 바다에서 대마도까지 수영하는 것이 낫지. 적성에 안 맞아 낫질은 못하겠다야."

이때 우리들이 기숙사에서 전국적인 논쟁대상을 가지고 서로 싸우다 싶을 정도로 왁왁댈 때 어디서 있다 뛰어 왔는지 헉헉거리며 와서는 그럴듯하게 결론내서 중재를 잘하는 경기도 강화도에서 온 중재동이 황원정이 놈이 한마디 한다.

"너희들, 벼 한포기에 달리는 낱알이 몇 개인지 아는 사람 내가 만원 준다."

충청도 금산 촌놈 김영찬이가 한마디 거든다.

"우리 동리 금산 인삼밭에서 나는 인삼이 몇 개인지 아는 사람 있는 겨?"

충북 영동이 고향인 박문기가 한마디 거든다.

"우리 마을 영동에서 따는 포도가 몇 송이인지 아는 사람 손들어 봐."

대구가 고향인 이달석이가 하는 말에 우리는 서로를 쳐다본다.

"우리동네 대구에서 사과는 얼매나 되노. 아 앗싸 대끼리."

지리산 아래 살았다며 지리산의 나무는 제 놈이 다 했다며 자랑하는 라동길이가 젊잖게 한마디 한다.

"느그들, 지리산에 나무가 몇 그루인지 모르지라? 나는 알지라. 나는 나뭇꾼이랑께."

항상 마늘이 몸에 좋다며 마늘을 많이 먹어야 한다며 우기는 충북 단양에서 온 유성상이 놈이 침을 튀기며 말한다.

"우리 동네에서 일년에 생산되는 마늘이 몇 쪽인지 아는 사람 있나?"

쓸데없이 외모에 신경쓰면서 제 놈의 좋은 피부는 어렸을 때 고향에서 진흙을 많이 먹어서 그렇다며 진흙의 장점을 부각하는 충남 보령에서 온 김귀곤이 놈이 오늘도 진흙타령을 한다.

"우리 동네 진흙밭에 있는 피조개가 몇 마리인지 아는 사람 말해보슈."

어렸을 때 삼척에 공비가 나타났을 때 자기가 신고를 해서 고향을 구했다며 지금도 제 놈은 고향에 가면 영웅대접을 받는다고 자기만큼 애국자가 없다면 우기는 강원도 삼척에서 온 남철웅이 놈이 눈을 또 바로 뜨고 소리를 지르면서 말을 한다.

"느그들, 우리 삼척의 바다속에 있는 멍게가 몇 마리인지 아는 사람? 이따가 내가 학교까지 업고 간다."

이때 제주도 토박이 우리의 부철수가 나선다.

"제주도 바다 물고기 수 깡 니 깡 몇 마리깡?"

나도 한마디 거든다.

"강원도 영월에서 여까지 오는데 걸음인지 아는 아 있나. 손들어 보드래요."

그러는 사이 그리도 많이 서 있던 황금의 물결을 이루었던 벼들은 뿌리만 남은 채 다 베어지고 어머니의 상징인 원래의 벌거숭이 모습의 논으로 되었다. 우리는 장수가 된 듯 낫을 허리에 차고 나폴레옹 자세로 말 타는 흉내를 내며

소리를 지르며 뛰어 다녔다. 그리고 어깨를 활짝 펴고 대지의 주인공 왕룽처럼 흐뭇하게 해운대 평야를 믿을 수 없다는 듯 바라보았다.

우리들의 미친 짓에 가까운 젊은 혈기에 놀란 논의 주인장은 해운대 양조장에서 막걸리 한 트럭과 애지중지 키우던 가장 통통한 도야지 한 마리를 잡았다. 우리들은 감동에 감동을 하면서 다 함께 건배를 하였다. 국립부산기계공고 벼베기 전투 봉사단 만세, 팔도사나이들 만세.

밀양누나

오늘 저녁식사 시간에도 영호는 미리 식당에 와서 기다리고 있었다. 한 달 전부터 식당에서 배식을 하는 새로 온 그녀에게 눈을 뗄 수가 없다. 어디에서 왔는지? 이름이 무엇인지? 나이가 몇 살인지? 무엇을 좋아하는지? 전혀 모른다.

영호는 그녀만 보면 미칠 것 같다. 식당에서 밥을 먹다 그녀를 훔쳐 보았다. 그녀의 미소에 놀라 숟가락에 담긴 떡밥을 무의식적으로 꿀꺽 삼켜 입속의 천정을 덴 적이 한 두 번이 아니었다. 줄을 서 그녀 생각에 멍 때리다 선배의 발을 밟아 군기가 빠졌다고 선배에게 불려가 혹독하게 얻어터진 적도 있었다.

영호는 오늘도 설레임 때문에 잠자리에 들 수가 없다. 그녀를 하루라도 보지 않으면 견딜 수가 없다. 입술이 바짝 마르고 입맛도 없다. 언제부터 이런 설레임을 느꼈는지는 알 수 없지만 그녀는 영호에게는 꿈속의 선녀였다. 영호는 오늘도 무엇인가에 놀라 잠을 깼다. 온 몸에 식은땀이 나고 눈을 떴을 때 창문 넘어 어렴풋이 아치 탑 근처에서 그녀가 걸어 오고 있는 착각에 살짝 가슴이 오그라들며 떨림을 느꼈다.

그러나 아직까지 그녀의 이름을 모르고 있다. 그녀의 이름이라도 알고 싶다. 아! 미치겠다. 누가 이 애타는 마음을 알까? 지금까지 못 느끼던 가슴 한

구석에서 끓어오르는 마음의 소리이자 사랑의 기쁨이라는 것이 이런 것인가? 이것이 뜨거움일까? 이것이 무엇일까?

영호는 동쪽에 살고 있다하여 동관이라 명명된 기숙사에 살고 있었다. 이곳에는 천 명이 넘는 조국근대화의 기수들이 살고 있었다. 저마다의 소질과 장기가 특출한 16세에서 20세까지 한반도의 반쪽 전국에서 선발된 소년들로 국가의 최고지도자의 관심하에 국가의 인재관리단에서 별도로 관리하고 있었다. 삼국시대 때의 화랑들과 같다고나 할까? 그시절 심신을 단련하고 종교적인 매체로 그들이 정치적인 역할이었다면 이 집단은 낙후된 이 나라의 산업에 앞장선다는 조국근대화의 기수로서의 역할이 그 차이라고나 할까?

이곳의 조직은 군의 규율과 유사하게 관리되고 있었고 국가의 3급비밀에 해당하는 상당한 산업정보가 있는 것으로 평가되었다. 왜냐하면 이들은 졸업과 동시에 국가의 기간산업과 국가기밀이 요구되는 방위산업체에 근무하면서 여러 분야의 국가중요산업의 핵심이 되는 것으로 계획되어 있었다.

강원도 춘천이 고향인 영호가 있는 방에는 모두 여덟 명의 소년들이 살고 있었다. 그들은 부산 범전동의 김수도, 경남 삼천포 이순기, 부산 동래 강철희, 충북 제원군 김영국, 충북 중원군 이혜영, 경남 창녕 이용재, 경남거제의 강학만 등이다. 이웃한 옆 호실에는 제주 양유진, 전남 고흥 곽희종, 부산 영도 김태봉, 강원 영월 김영수, 전남 순창 조계수, 경남 함양 김주일, 부산 명륜동 최병우, 부산 초읍동 하병철 등이 살고 있었다. 이들 중 아무도 영호의 고민을 아는 친구가 없었다. 그들은 한가롭게 장기와 바둑을 두고 있었다. 단지 눈치 빠른 수도놈의 눈빛이 예전과 달라졌을 뿐 그것도 확실하게 아는 것 같지는 않았다.

영호는 피가 마르고 살이 빠져 죽을 것 같아 여러 날을 고민 끝에 가장 가까운 수도놈에게 고민을 털어 놓을까 하고 애를 태우고 있었다.

이때 눈치 빠른 수도놈은 대략 짐작하고 있다는 듯 앞으로 튀어나온

앞머리에 손을 얹고 뒤로 튀어나온 특유의 뒷머리를 긁적거리며 말한다.

"영호야, 니 요즈음 고민 있다 아이가? 내가 풀어줄까!"

"아, 아 아니다. 임마. 고민은 무시기 고민."

"내, 다 안다 아이가? 다른 사람은 속여도 이 수도는 몬 속인다."

"으 음 음."

"니, 연애하나? 니 좋아하는 사람 있나?"

"어, 아 아 아 아니다."

"말해보이라. 이래뵈도 나 수도가 해결사 아이가? 이 세상 모든 목 마른 사람이 모두 나를 찾는다 아이가? 니 목 안 마르나?"

"어. 그 그게 말이다. 니가 해 해결사 맞지. 내가 말이다. 누 누구를 좋아한다."

"니, 선자 좋아하나?"

"아 아니다. 갸는 아니다."

"그럼 누꼬? 솔직히 나한테만 말해뻐라."

"식 식당에 새로 온 아 있다. 아 아니다."

"알았다. 내한테 맡기라."

수도는 잠깐 생각하더니 이내 어디론가 가고 영호는 허전함과 후회스러움에 괜한 고민을 털어 놓아 고민이 하나 더 늘었다는 표정이다. 수도는 이 분야의 전문가인 계수와 함께 언제부터인가 가까워졌다는 식당의 누나에게 줄을 넣어 최근 식당에 새로 온 그녀가 누군지 확인하였다. 그녀는 밀양에서 온 박사랑이라는 여자였다. 그녀는 우리들보다 두 살, 영호보다는 한 살이 많은 나이로 사연은 알 수 없지만 얼마 전부터 이 곳에 와 일하게 되었다는 것이다. 그녀는 아름답고 청순한 외모에 국악에 상당한 재능이 있다 하였다.

수도는 그녀를 몇 번이나 찾아가 만나 영호라는 친구가 있는데 그녀에게 반해 친구 영호가 죽어가고 있다고 특유의 입담으로 그녀를 설득하였다.

그렇게 경남 밀양이 고향인 그녀는 수도의 끈질긴 협박성 설득에 의해

소문이 무서워 식당에서 쫓겨날지도 모른다는 두려움에 긴 머리를 단정하게 동여맨 다음 약속장소로 나오게 되었고, 영호는 꿈에 그리던 그녀를 해운대 달맞이 고개에 있는 찻집에서 만나게 된 것이었다.

이후 영호는 그녀를 위해 목숨을 버릴 수도 있다며 끈질긴 사랑의 구애로 둘은 사귀게 되었고 소리 소문 없이 함께 동백섬을 거닐었고 해운대역을 경계로 사랑을 키워 나갔다.

어느 날 해운대백사장 모래톱에 앉았다. 그녀는 자신의 이름이 새겨진 가야금을 갖는 것이 꿈이라 하였다. 그녀는 타고난 끼를 유감없이 보여주었다. 모래로 가야금을 만들고 둘의 사랑탑을 쌓고는 연주하기 시작하였다. 그리고는 해운대 파도에 따라 사랑가를 노래한다.

"사랑 사랑 내 사랑이여 어여둥둥 내 사랑이여"

영호는 그녀를 바라보며 천상에 앉아 있는 듯한 아련함에 그녀의 무릎을 베고 이내 잠이 들었다. 그렇게 둘의 만남은 영호가 산업체에 취업을 나가기 전까지 계속되었다.

영호는 학교의 추천으로 사상공단에 있는 못을 만드는 회사로 취업을 나갔고 못에 손가락과 발을 찔리며 세상사 힘듦에 지쳐가고 있었다. 야근까지 해도 고작 일당 이천원이었다. 그래도 그녀에게 가야금을 선물하기 위한 돈을 벌기 위해 악착스럽게 일하였다.

어느 날 영호는 그가 만들고 있던 못으로 그의 심장을 처참하게 찌르는 아픔을 담은 전보 한 장이 날아 들었다. 사랑이가 죽었다는 것이었다. 그녀는 영호를 보지 못한 한 달 사이 그해 겨울 어느날 의학적으로 치료가 안 되는 불치병에 걸려 고향으로 돌아가 한 달 만에 숨을 거두었던 것이었다.

그녀를 떠나보낸 후 그녀의 남동생이 영호에게 한 장의 편지를 건네주었고 영호는 그녀가 마지막 날 영호를 찾으며 영호의 이름을 부르다 죽었다는 말에 영호는 들고 왔던 그녀의 이름이 새겨진 가야금을 힘없이 풀어 놓으며 통곡을

하곤 더듬거리며 말을 맺지 못하였다.

"사랑아, 사랑아. 나는 어쩌라꼬! 내가 다음 달에 가야금을 사서 니를 보러갈라 했다 아이가. 하늘에 가서라도 이걸로 너의 사랑을 연주하이라."

수 많은 날이 지났지만 영호는 지금도 모교를 찾아 기숙사와 식당을 둘러보고는 해운대까지 걷는다. 그리고는 해운대의 모래톱에 앉아 눈을 감으면 그녀가 그때 모래가야금에 맞춰 불러 주었던 "사랑가"를 들으며 그때의 추억을 그리며 눈시울을 적신다.

국립부산기계공업고등학교 동문문집

곰솔

초판 1쇄 발행 2017년 04월 10일

지은이 곰솔문학회 | 펴낸이 임세한
기 획 박해림 | 디자인 정지은 유재미

펴낸곳 시와소금
등록 2014년 1월 28일 제424호
발행 강원도 춘천시 충혼길 20번길 4호 (우24436)
편집 서울시 중구 퇴계로50길 43-7 (우04618)
전자우편 sisogum@hanmail.net
팩스겸용 (033)251-1195 / 휴대폰 010-5211-1195

ISBN 979-11-86550-40-3 03810
값 12,000원

*이 책의 국립중앙도서관 출판도서목록(CIP)은 서지정보 유통지원시스템 홈페이지(http://seoji.nl.go.kr)와 국가자료 공동목록시스템에서 이용하실 수 있습니다.

KB100115

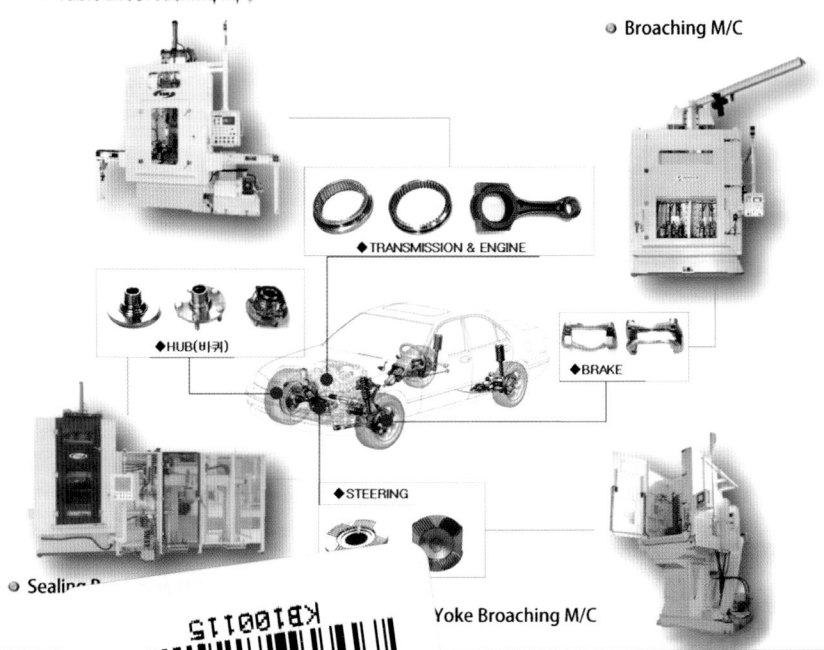

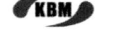

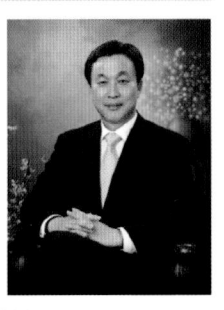